「これ以上、溺愛するっていうの？」
マテオ
村人から貴族の孫に転生した。規格外の賢さと魔力を持つ。
ローレンス公爵
マテオを拾い、孫として溺愛、自慢する大貴族。

「創造神が地上における
代行者たる帝国皇帝の名において、
そなたに騎士の位を与える。
称号は――竜の騎士」

Author
三木なずな
Illustrator
柴乃櫂人
報われなかった村人A、
貴族に拾われて溺愛される上に、
実は持っていた伝説級の
神スキルも覚醒した

CONTENTS

「おお！ さすがマテオじゃ」

「普段からじいさんに可愛がられてるからって調子にのるなよ」

マルチン
ローレンスの孫。

マテオに嫉妬している。

「はあ、まったく

皇帝は剣の腹——

つまり平たい部分を、
俺の肩に当ててきた。

「マテオ・ローレンス・ロックウェル」

「……はい」

CHARACTERS

皇帝

地上の最高権力者。
マテオを溺愛する。

「余は、賢くて偉い
マテオに褒美をやりたいのだ」

レイフ

魔法工学の天才。

ダッシュエックス文庫

報われなかった村人A、貴族に拾われて溺愛される上に、実は持っていた伝説級の神スキルも覚醒した

三木なずな

プロローグ

01 貴族の孫になりました

気がついたら俺は橋の下に捨てられていた。

原因は分からない。

ついでになぜか赤ん坊になっていた。

原因はやっぱり分からない。

ここはどこ、私はだれ？　な状態から早くも半日が経過した。

最初の頃は声を上げようとしたら赤ん坊の泣き声しか出なかったもんだから、思いっきり泣いてたら声が嗄《か》れてしまった。

腕を、足を、どうにか動かしてみる。

こっちはほとんど動かなかった。

ぷにっとした短い手足じゃ、立ち上がるどころか寝返りさえも打てない。

このまま誰にも見つからなかったらどうなるんだ？

橋の下に捨てられた赤ん坊。

餓死《がし》するのと、野犬に食われて死ぬの、どっちがつらくないんだろうか――なんて。

そんな感じで、現実逃避してみたりもした。

太陽が東から昇って、橋の真上を通って、西に落ちていく。

じっとしてたらちょっとは体力が戻ってきたから、ちょっとだけあがいて泣いてみた。

おぎゃー、おぎゃー――と、やっぱり赤ん坊の泣き声しか出なかった。

「むぅ、やはり赤子か」

おっ、って思った。

俺の泣き声に反応して、しわがれた声が上から聞こえてきた。

老人のような声だ。

直後、体の下に腕が差し込まれて、抱き上げられた。

そして目の前に老人のしわくちゃの顔がドアップで映った。

老人は俺を抱き起こして、俺を包んでいるボロ布をまさぐる。

「身元が分かるものは……ないか」

ないのか、と思った。

まあ、ないんだろうな。

橋の下に捨てていくくらいだ、身元が分かるようなものなんて残していかないだろう。

あってもせいぜい「拾って下さい」とか、「名前は〇〇です」とか、そんなもんだろう。

「名前が分かるもののもないようじゃな」

それもないのか。

完全に捨て子だな。

なんで捨てられたのか――そもそもなんで赤ん坊になってるのかはやっぱり分からないままだが。

でもまあ、これなら最悪の結果は避けられそうだ。

老人の口ぶりからして、このまま俺を置いていくということはなさそうだ。

餓死したり、野犬のおやつになることは避けられそうだ。

老人は俺を見つめた。

俺も老人を見つめ返した。

喋《しゃべ》ることはできない、声を出そうとしても泣き声だけ。

だから、見つめた。

目で訴えかけた――拾ってくれ、と。

「不思議な赤子じゃな」

しばらく見つめ合ったあと、老人は独りごちた。

むむ？　俺自身には見えない何か不思議なものでもあるのか？

「赤子らしからぬ落ち着いた目をしておる。まるで大人のような目じゃ」

……。

それ、大正解。

だって、俺は本当は赤ん坊じゃなくて大人なんだから。

それが目に表れているのか……目は自分じゃ分からないからな。

「ますます不思議じゃ、まるでわしの言葉を理解しているようじゃ」

それも、大正解。

「賢い子じゃ。うむ、これも何かの縁じゃ。わしが引き取ってやろう」

老人はそう言った。

俺はちょっとほっとした。

これで、最悪の事態は避けられたか。

「おるか、サイモンよ」

「はっ、ここに」

別の男の声がした。

ちょっと離れたところに「ざっ」っていう、砂利石《じゃりいし》を踏んだ靴《くつ》の音がした。

こっちは中年くらいの男の声だ。

とても落ち着いた、老人に対する恭《うやうや》しさを含んだ声だ。

「お主は一足先に戻って、赤子用のミルクやおむつ。それ以外も赤子に必要なものを一式そろえておくのじゃ」

「かしこまりました。屋敷の使用人に先日出産した者がおりますが、乳母にいたしますか」

「ほう、それは都合がよいのじゃ。うむ、赤子は母乳で育てるべきじゃな、その方が健やかに育ちそうじゃ。それも用意させろ」

「かしこまりました」

「後はすべてお主に任せる。良きように計らえ」

「はっ」

短く応じて、頭を下げたっぽい感じがしたあと、砂利を踏む足音が徐々に遠くなって、橋の下から立ち去った。

俺は考えた。

男の姿は見えなかった。

赤ん坊の俺では首を回してそっちを振り向くことすらままならなかったからだ。

でも声と言葉遣い、それに老人とのやり取りからして、どうやら老人はどこぞの家の主で、男はその上級使用人みたいだ。

執事……とかなのかもしれない。

執事を持てるってことは、このじいさんは……結構な資産家か？

「よし、わしらもゆるゆると行くのじゃ」

老人は俺を抱いたまま歩き出す。
橋の下を出て、見たこともない街並みを歩く。
なんであれ、俺はほっとした。
とりあえず拾われて当面の心配はせずにすみそうだ。
――と、思ったのだが。
この時の俺はまだ知らなかった。
俺を拾ってくれた、このじいさんの名前はローレンス。
フルネームは「ローレンス・グラハム・ロックウェル」という。
大仰《おおぎょう》な名前に相応《ふさわ》しい地位――帝国の公爵という、ものすごく偉い人間だった。
ただの庶民《しょみん》だった俺はなぜか捨て子になって拾われて。
貴族の孫、になったのだった。

02 孫を溺愛する老貴族

マテオ・ローレンス・ロックウェル。

貴族の名前をもらい、貴族の孫になってから早六年。

捨て子だった俺は、可愛《かわい》い盛りの六歳児になっていた。

なんであの日に赤ん坊になったのかは今でも分からない。

なんであの日赤ん坊が橋の下に捨てられていたのかも分からない。

何も分からないけど、分からなくても何も問題はなかった。

俺を拾って、名前の一部をくれたローレンスじいさんが親代わりになって、俺を庇護《ひご》してくれたからだ。

拾われた子供だから正式には貴族じゃないが、ローレンスじいさんが自分の名前を俺のミドルネームにしてくれたり、「マテオ」という古い言葉で「神の贈り物」という意味の名前をつけてくれたりしたから、俺は世の中の九割九分の人間よりも安心安定な生活を送っていた。

この日も屋敷の寝室で目覚めた。

じいさんが俺だけのために建てた屋敷で、俺のと使用人のとで、部屋が二十を越えるほどの広い屋敷だ。

そんな広い屋敷だから、当然俺一人じゃない。

「おはようございます、おぼっちゃま」

「ん」

「お手伝い、させていただきます」

朝起きた俺に、メイドのローラが現れ、着替えさせてくれた。

俺がベッドから下りてぼうっと立っていると、彼女が慣れた手つきで勝手に着替えさせてくれた。

着替えた後は、歯磨《はみが》きもやってくれた。

じいさんに拾われて、貴族の孫になった俺が一番びっくりしたのが、この毎朝の歯磨きだ。

貴族は毎朝歯磨きをしていることに、ものすごくカルチャーショックを受けた。

しかも、「歯ブラシ」を使っている。

歯ブラシっていうのはものすごい高級品だ。

俺に使われているのは、木を削《けず》り出した取っ手に、豚の背中から取れる硬い毛を植えたものだ。

この毛がくせ者だ。

歯ブラシに使えるほどの硬い毛は、豚一頭分につき歯ブラシだいたい一本分しか取れないくらいの希少品。

だから歯ブラシはものすごい高級品だ。

これ一本だけで、庶民の稼《かせ》ぎの三日分はする。

それだけ高価なもので、貴族にしか使えないような代物《しろもの》だ。

ちなみに、庶民の中にも歯磨きをする者はいるが、歯ブラシなんて高級品じゃなくて、指に麻を巻き付けてそれで磨くのが一般的なやり方だ。

当然、毛のブラシとちがって、細かい隙間《すきま》までは磨くことができない。

髪と同様、歯にも金をかけているから、貴族は歯と髪で見分けられるとよく言われている。

その歯磨きを、メイドが手慣れた感じで綺麗《きれい》にしてくれた。

最後に顔を洗ってくれて、軽く香水も振りかけてくれた。

貴族は香水にもこだわっている。

香水は種類によって、つけてから最高の匂《にお》いになるまでにかかる時間が違う。

貴族は正午くらいに大事な人と会うことが多いから、それに合わせた香水をつけるのが一般的だ。

それは六歳児の俺も例外ではない。

そうこうしているうちに、朝の身支度《みじたく》が終わって、頭がしゃきっとして完全に覚醒《かくせい》した。

ちなみに一回気になって調べてみたが、この朝の身支度にかかる金額だけでも、庶民の一週間分の稼ぎぐらいは使っている。

その時は貴族（の孫）ってすごいなって思ったもんだ。

☆

二十人くらいが入れるほどの食堂の中で、俺は細長い食卓の上座に座って、メイドたちの給仕を受けて、朝食をとった。

今日も豪華な食事に舌鼓《したつづみ》をうっていると、眼鏡《めがね》にひっつめ髪のメイド長、ヴァイオレットが横に来て、一礼をしてから話し出した。

「申し上げます」

「なに？」

「先ほどご連絡がありました。大旦那様《おおだんなさま》が昼頃においでになるとのことです」

「おじい様が？」

俺は首をひねりつつ、聞き返した。

大旦那様――ローレンス・グラハム・ロックウェル公爵、つまり俺を拾ってくれたあの老人のことだ。

俺は心の中じゃ「じいさん」って呼んでいるけど、人前で口に出すときは「おじい様」って呼んでいる。

そのじいさんが来るって連絡だ。

「さようでございます」

「わかった、ご飯の後は本を読んでるから、来たら教えて。あと全部任せるよ」

「承知いたしました」

ヴァイオレットはもう一度一礼をしてから、身を翻《ひるがえ》して立ち去った。

その背中を見送りつつ、俺は微苦笑した。

また来るのかじいさん、と思った。

三日前にも来たばかりなんだがな。

☆

じいさんが来るまで、俺はヴァイオレットに宣言したとおり、屋敷の書庫で本を読んでいた。

ちょっとした酒場ほどの広さはある書庫の中に、所狭しと本棚《ほんだな》が並べられて、ぎっしり本がつまっている。

貴族の孫になってよかったって思うことは結構あるが、その中でもこの「本を無制限に読める」ことが群を抜いて嬉しいことだ。

本は、高いんだ。

一般庶民なんかじゃ、一家に一冊でもあればもうそれは家宝ものだ。

とにかく高いんだ。

紙の質を揃《そろ》えたり、同じ大きさにカットしたり、表紙とかを装丁《そうてい》したりと、どれもこれも金がかかってしょうがない職人による手作業だから、どうしても高くなる。

さらにそれだけではない、内容の大半は手書き――いわゆる写本だ。

人の手で書き写して、さらに内容が間違ってないかというチェックも人の手でやる。

ここでも金がかかる。

最近は「木版印刷」なんてのもあるが、これも金がかかってあまり出回らない。

さらに「精霊版」と呼ばれる、人の手によるものじゃなくて、精霊の手による本がある。

そういうのはさすがに貴族の屋敷にもない。

大半が国が所蔵している、国宝級のお宝だ。

そんな、「精霊版」以外の本を俺はとにかく読みあさった。

暇さえあれば本を読んでいた。

そうしているのは、俺が「貴族」じゃなくて「貴族の孫」だからだ。

今はじいさんの庇護の元にいるが、ロックウェル家にはちゃんと跡継ぎがいる。

じいさんの息子と、ちゃんと血が繋《つな》がっているじいさんの孫だ。

ロックウェル家はそこに受け継がれていく、俺は名目上ただの居候《いそうろう》だ。

いずれ、じいさんが死んだら、俺は自分の力で生きていかなきゃならない。

そうなった時のために、俺は出来るだけ知識を蓄《たくわ》えようと思っている。

知識ってのは武器だ、武器は多ければ多いほどいい。

だから俺は今日も。

じいさんが来るまで、本を読みふけっていた。

「おお、ここにおったのかマテオ！」

しわがれた声、しかし嬉しそうな声とともに、じいさんが書庫に入ってきた。

部屋に入って、まっすぐ俺のところに向かってきたと思ったら、こっちの返事を待ちきれないとばかりに俺を抱き上げた。

七十すぎの老人と、六歳の男の子。

傍《はた》から見れば祖父が孫を可愛がっているという、微笑《ほほえ》ましい光景だ。

「下ろしてよおじい様、また腰を痛めちゃうよ？」

前にも俺を抱っこして腰がイッちゃったことがあるから、俺は子供口調で、心配する様子でそう言った。

すると、心配されたじいさんはますます嬉しそうに破顔《はがん》した。

「なんのなんの、孫の抱っこで腰をいわすのならむしろ本望じゃ」

そんな本望あるか！

と脳内で脊髄反射《せきずいはんしゃ》で突っ込んだけど、もしかしてあるかも知れないなと俺は思った。

世の中というのは不思議なもので、自分の子供よりも孫の方が可愛い、なんて親はいくらでもいる。

そういう経験がない俺でも分かるくらい、ありふれた話だ。

俺をひとしきり抱っこした後、じいさんは俺を下ろした。

そのまま目線の高さを合わせて、俺の目をまっすぐ見つめながら問いかけてきた。

「元気にしてたかマテオよ」

「うん」

「そうかそうか。うむ、今日も本を読んでいたようじゃな」

「うん、今日はもう二冊も読んだよ」

「そうか、すごいなマテオ。まだ昼なのにもう二冊か」

「うん。ありがとうおじい様、たくさんご本を集めてくれて」

俺はじいさんの目をまっすぐ見つめながら、本気で感謝の言葉を口にした。

本気で感謝しているのだ。

ここの本は、俺が本好きだと知ったじいさんが俺だけのために集めてくれたものだ。

貴族の孫として、高級な魚をくれるだけじゃなくて、超高級な釣り竿《ざお》と釣りの仕方も教えてくれるじいさん。

感謝しかないのが本音だ。

「ふふ、マテオは相変わらず不思議な目をしているのう」

「そう？」

俺は小首を傾《かし》げて、すっとぼけた。

じいさんが俺を拾ったときも言っていた、不思議な目。

そこはあまり深く掘り下げられると困るから、俺はいつもすっとぼけていた。

「自分じゃ分からないよ」

「ははは、それもそうじゃな」

じいさんは呵々大笑《かかたいしょう》した。

ものすごく愉快そうに大笑いした。

「本当にありがとうね」

「なんのなんの。本も、どこぞで収納されたまま腐っていくよりは、読んでもらった方がうれしいものじゃ」

じいさんは俺をまじまじと見つめたまま、手を伸ばして頭を撫《な》でてくれた。

貴族の孫――貴族。

俺はこの人――国で三人しかいない皇帝に次ぐ大権力者の孫として。
ものすごく、溺愛《できあい》されている。

03 成長促進

「そうじゃ、この前ルースのヤツに会ったぞ」

「ルース……さん？　あっ、おじい様のお友達の」

「腐れ縁じゃ」

じいさんはニカッと笑った。

ルース・ベル・ウォルフ。

ウォルフ侯爵家の前当主で、じいさんと同年代の老人だ。

じいさんの口からよくルース老人の話が出る。

たぶんじいさんが自分で言ってるように、二人は長年の腐れ縁な付き合いなんだろうな。

「ルースさんがどうしたの？」

「うむ。ヤツに会ってな、マテオの自慢をしてやったのじゃ」

「僕の自慢？」

「そうじゃ。わしの孫はのう、二歳でもう文字が読める賢い子じゃ。今は屋敷中の本を読破する勢いじゃとな」

ああ……と思った。

これもやっぱり、祖父がする孫自慢そのものだ。

微笑ましいけど、自分のことを自慢されるとちょっとこそばゆい。

「それははずかしいよおじい様」

「何を恥ずかしがることがあるか。二歳で文字を読めるのは天才の証《あかし》じゃぞ」

二歳どころか〇歳――捨てられたあの時から普通に読めてたんだけどな。

「マテオは紛《まぎ》れもなく天才じゃ――事実を言ってやったらきゃつめ、顔を茹《ゆ》で蛸《だこ》のようにして、死ぬほど悔《くや》しがっておったわい」

「そんなにくやしがったんだ」

「うむ。きゃつの――いや、貴族の小せがれは大抵本など読まぬからのう」

そりゃ、なんとまあもったいないことだ。

こんなに本があるのに、知識がそこにあって、いくらでも努力次第で自分の武器として吸収できる宝の山がそこにあるのに、読まないなんてのはもったいなさ過ぎる。

不思議だ、貴族って人種は。

「そうじゃ、今日はマテオに土産《みやげ》があるのじゃった」

じいさんはポン、と手を叩き、思い出したように言った。

俺は苦笑した。

心の中で今日「は」じゃなくて、今日「も」のまちがいなんじゃないのかな。って突っ込んだからだ。

じいさんは、この屋敷に来る度《たび》に、色々俺にお土産を持ってくる。

大抵が本だけど、たまに甘いお菓子とか、ガチで高価そうなお宝を持ってきたこともある。

俺は期待するような表情を作って。

「本当？　お土産って何？」

と、年相応の子供のような表情を作りながら言った。

子供になった俺の、処世術《しょせいじゅつ》の一つ。

じいさんから物をもらうとき、「嬉しい」をちゃんと嬉しいと表に出すとじいさんは喜ぶ。

うれしさはちゃんと態度にする、出さなくても察してもらえるなんて考えない。

嬉しいときはちゃんと嬉しいと言うのが、俺の――たぶん究極の処世術だ。

案《あん》の定《じょう》、また本をもらえるかもしれないと想像して普通に嬉しくなった俺を見て、じいさんも嬉しそうに破顔した。

「うむ、ここにはないのじゃ。ちょっと一緒に来るのじゃ」

「一緒に？」

「うむ」

「わかった」

俺は読みかけの本を閉じて、近くの本棚《ほんだな》に差し込んだ。

そのままじいさんについていき、書庫を出る。

じいさんと一緒に廊下《ろうか》を歩いて、先導されて屋敷から庭に出た。

そこに十数人、じいさん直属の衛士《えいし》たちがいた。

衛士たちは武装していて、大事そうに箱を守っている。

宝箱のような、衣装箱のような――六歳児の俺が丸ごと中に入ってかくれんぼの隠れ場所に使えるくらい、大きな箱だ。

どうやら、これが俺へのお土産みたいだ。

「これがお土産なの？」

「うむそうじゃ。おい」

じいさんは衛士たちに合図を送った。

すると、箱の両隣にいる二人の衛士が箱の蓋《ふた》を開けた。

……やたらと、慎重な手つきで。

まるで壊れやすいガラス細工《ざいく》を扱うような、ものすごい慎重な手つきだ。

箱の蓋が開かれて、中から卵が見えた。

箱のサイズにぴったり合うような、六歳児の俺と同じくらいのサイズの卵だ。

「卵？　なあにあれ」

「うむ、レッドドラゴンの卵じゃ」

じいさんは得意げな顔で、自慢するように言った。

「レッドドラゴンって……あの？」

「知っているのかマテオ」

「うん」

俺ははっきりと頷《うなず》いた。

普通の六歳児だったら知らないことだが、俺は大量の本を読んでいる。

本で得た知識は、「知っているのかマテオ」という質問に答える時に使うと、じいさんがものすごく喜ぶことを経験している。

今も、俺はレッドドラゴンと聞いて、記憶の中からそれを引っ張り出した。

「たしか伝説の竜だよね。竜種の中でも最上位種で、力と魔力が絶大で、一体が一軍に匹敵するほどの力を持っているって」

「うむ」

「それと……深い知恵と知性も持っているって」

「おおっ！」

じいさんはなぜか急に声をあげた。

「ど、どうした？」

「その通りじゃ。やはりマテオは賢いのう」

何事かと思ったら単に俺を褒《ほ》めた、いつもの親馬鹿《爺》なだけだった。

「これがその、レッドドラゴンの卵じゃ」

「本物なの？」

今度は俺が驚いた。

最初にレッドドラゴンの卵って聞いたときはピンとこなかったが、自分でレッドドラゴンのことを思い出して口にしたから、そのすごさが遅れてやってきた。

「間違いなかろう。某所《ぼうしょ》から皇帝へ上呈《じょうてい》するものを、わしが横取りしたのじゃ」

「ええ⁉　大丈夫なの、それ」

さらっとすごいこと言ってるけど。

「かまわんのじゃ。あの小童《こわっぱ》がレッドドラゴンの卵を持っていたとしても宝の持ち腐れじゃ。そうなるよりはわしが横取りして活用した方がよいのじゃ」

さらにとんでもないことをさらっと言ったぞ、じいさん。

いや、活用うんぬんとかじゃなくて、皇帝に上呈するのを横取りしたらまずいんじゃないかって話なんだけど……。

それに皇帝を「こわっぱ」呼ばわり……下手《へた》したら大不敬罪《だいふけいざい》でしょっぴかれるくらいまずい

ことなんだが。

……なんだが、じいさんはまったく気にも留めていないようだ。

だったら、俺も気にしない方がいいかもしれないな。

気にしすぎてハゲたらやだし。

「おじい様は、これをどう活用するの？」

「うむ、マテオにプレゼントじゃ」

「……えええええ!?」

たっぷり三秒間きょとんとした後、俺は盛大に声を上げて驚いた。

「ぼ、僕にプレゼント？」

「うむ、そうじゃ」

「なんで？」

「活用するといったじゃろ？　マテオにプレゼントする以上の活用法はないのじゃ。どうじゃ、うれしいじゃろ？」

「えっと、うん……はい？」

まだ驚きの方が大きくて、どう反応していいのかが分からなくて、頷いたものの疑問形になってしまった。

「このまま孵化《ふか》するまで持っているのじゃ」

「孵化するまで……あっ」

俺はハッとした。

レッドドラゴン――というかドラゴン全般に関する知識を思い出した。

「たしかドラゴン種って、卵から孵《かえ》ったとき、最初に見た相手を親だって思うんだったよね」

「そういうことじゃ」

じいさんはにやり、と口角を上げて得意げな笑みを作った。

「このまま孵化するまでマテオが持っておれば、孵化したレッドドラゴンはマテオのことを親だと思う。共に成長するレッドドラゴンは最大の友になるじゃろう」

俺は色々と理解した。

子供が生まれたときに犬を飼い始めて、子供と一緒に成長させると情操《じょうそう》教育にいいと本で読んだことがある。

幼児の頃はいい遊び相手になる。

少年の頃はいい理解者になる。

青年の頃は死を持って命の尊《とうと》さを伝える――だっけ。

それに似たようなことを、じいさんはドラゴンを使って俺にやろうとしてるんだ。

「そっか……」

「それを考えると、ますますあの小童に渡すのはもったいないじゃろ？　皇帝なぞ、まわりにいくらでも腰巾着《こしぎんちゃく》は湧いてくるわい」

じいさんの意図を今さらになって理解したけど、物言いはやっぱりちょっとは気をつけた方がいいなと微苦笑した。

俺は気を取り直して、じいさんにお礼を言うことにした。

「ありがとうおじい様」

「なんのなんの、喜んでくれてわしもうれしいわい」

「この卵をどれくらい持っていればいいの？　鳥の卵みたいに持ったまま温めておけばいいのかな」

読んだ本の知識の中を探るが、それに関するものはなかった。

ドラゴンの卵を孵す方法とか、うん、やっぱりないな。

「そんな必要はないのじゃ。というか、つきっきりで見ている必要もないのじゃ」

「そうなの？」

「うむ。宮廷魔術師の連中に調べさせた。魔力の波動から見て、七日後に孵化すると言っておったわい」

「そんなのが分かるの？」

「ドラゴンは魔力が強いからのう。人間でいうと腹の中にいる胎児《たいじ》の心音が聞こえるようなもんじゃと言っておった」

「へえ、そういうものなんだ」

それは面白い。勉強になった。

そういうことなら、とりあえず六日間は卵をどこかに慎重に保管しとけばいいか。

にしても……レッドドラゴンの卵か。

俺はなんとなく卵に近づいた。

「あっ――」

それを守っている衛士が反応した。

俺を止めるべきか止めざるべきか――一瞬反応して、しかし判断つかなくてじいさんに視線で問いかけた。

「かまわぬ、マテオへの土産《みやげ》じゃ。好きにさせい」

じいさんがいうと、衛士はちょっとだけほっとした感じで俺を止めるのをやめた。

気持ちはわかる。

命令されてないことを、改めて上の人間からお墨付《すみつ》きをもらうとほっとするよな。

働いてると、そういう場面がよくある。

そんなことを思いながら、俺はなんとなく卵に触れてみた。

じいさんの言う「心音」というたとえが気になったからだ。

それで触れてみたが、もちろん心音なんて聞こえはしなかった。

代わりに──卵が光り出した。

「え？」

「な、なんじゃ？」

焦る俺、驚くじいさん。

そうしている間にも光はますます強くなっていった。

俺は手を引っ込めようとした──が。

手が卵の表面にひっついて、離れなかった。

「大丈夫かマテオ！」

「う、うん。手がくっついて離れないけど」

「なんじゃと？　おい！　卵を割るのじゃ」

じいさんは一秒にも満たない思考のあと、そばにいる衛士に命令した。

俺はそれに驚いた。

「えええええ⁉　ちょっと待っておじい様、これは貴重な卵だよね」

「かまわん、マテオの命には変えられぬ！」

じいさんはきっぱりと言い切った。

「やれ！」

「はっ！」

じいさん――上の人間の迷いのなさに勇気づけられて、衛士たちは一斉に持っている槍を構えた。

そのまま――卵を突いた。

槍の先端はしかし卵に届かなかった。

光がまるで見えない壁になって、全員の槍を防いだ。

衛士たちは「えいっ！」「やっ！」と何回も突いたが、卵にその攻撃が届く気配がまるでない。

「むぅ。よこせ、わしが――」

じいさんは衛士の一人から槍を奪い取って、自ら卵を割ろうと構えた。

次の瞬間、状況はさらに一転する。

それまで卵だけが光を放っていた。

が、俺の体まで光り出した。

「マテオ⁉」

驚くじいさん。

「大丈夫かマテオ！」

「う、うん。とくに……なんでもない」

俺は自分の手を見た。

卵にひっつかれてない方の手を見つめた。

光っているが、特に何かがあるわけじゃない。

ただ、俺の手が——体が光を放っているだけだ。

その光が徐々に、俺の体から卵に移っていった。

まるで吸い込まれていくかのようだ。

——ドックン。


「え？」

「どうした⁉」

「いま、音が」

「音？」

——ドックン。

「また聞こえた——心臓の音？」

俺はそうつぶやき、卵の方を見た。

光が吸い込まれていった後に聞こえるようになった心音。

落ち着いて耳を澄ませる。

すると、音は耳じゃなくて、手の平を伝って聞こえてくるのが分かった。

不思議な感覚だ。

どういう風に聞こえるのかって聞かれるとすごく説明が難しいが、それでもはっきりと、手の平伝いで聞こえてくるのだと分かる。

　確信している。

次の瞬間、卵がパァァ――と光った。

それまでぼんやりと光っていたのが、爆発的に光が拡散した。

「くっ！」

俺はくっついていないもう片方の手で目を覆《おお》って、顔を背けた。

「マテオ‼」

じいさんの叫び声が聞こえる中、徐々に徐々に光が収まっていく。

やがて、光が完全に落ち着いた――その直後に。

「みゅー！」

何かが俺に飛びついてきた。

タックル気味の飛びつきを受けて、俺は後ろ向きに倒れて、その場で尻餅《しりもち》をついてしまった。

タックルしてきたその何かは、俺の腹の上に乗っかってきた。

そして――顔を舐《な》めてきた！

「みゅー、みゅー！」

目を開けると、小さな生物が俺に乗っかっていて、顔をペロペロしてくるのが見えた。

これが、俺と伝説のレッドドラゴンとの出会いになった。

04 ドラゴンの親

小さな生き物の正体を考えるよりも先に、直前まで目の前にあったレッドドラゴンの卵が割れていることに気づいた。

結構な大きさだから、割れてしまうとすぐに目に入ってくる。

割れた卵の殻《から》、中は空《から》っぽだった。

代わりに、小さな生き物が現れた。

普通に考えると、卵の中から出てきたのは間違いない。

ということは……こいつがレッドドラゴンの子供？

小さな生き物は俺にじゃれついたままだ。

まるで子犬のようにじゃれついてきて、つぶらな瞳のまま見つめて、顔をペロペロ舐めてきた。

「ああ、なるほど。俺を親だと思ってるんだな」

「みゅー！」

小さな生き物――ちびドラゴンは俺の言葉に反応した。

言葉ももう分かってるのかな、もしかして。

「俺の言ってることが分かるのか？」

「みゅ！」

「じゃあそのまま寝そべってみて」

「みゅみゅ！」

ちびドラゴンは俺に言われたとおり、腹の上に丸まって寝ころんだ。

やっぱり、言葉が分かるんだな。

俺はさほど驚かなかった。

というのも、生まれた直後でも人間の言葉を理解できる存在を知っているからだ。

俺自身のことだ。

俺がそうなんだから、他にもそれが出来る存在がいてもおかしくはない――ってことですぐに納得した。

丸まってるちびドラゴンの頭を撫《な》でた。

すると向こうは「もっともっと」と言わんばかりに頭を押し当ててきた。

可愛《かわい》いなと思って、もっともっと撫でてやった。

そうやって、俺とちびドラゴンの、ある種の二人っきりの世界を作ってしまったがために、気づくのがちょっと遅れてしまった。

「どういうことじゃ……？」

じいさんと、衛士たちが皆、驚愕《きょうがく》した顔で俺を見つめていたのだった。

☆

ちびが孵《かえ》ってからしばらくたったあと、じいさんが急遽《きゅうきょ》呼びつけた魔法使いが、庭に置いたままのレッドドラゴンの卵の殻を解析していた。

中年の男で、装飾がたっぷりとついている法衣をまとった魔法使いだ。

その解析を、俺とじいさんが見守っていた。

ちなみにちびは俺の足元で丸まって寝ている。

魔法使いの彼は卵を眺め、手に取ったり魔法にかけたりして、色々調べた。

しばらくして、まるで苦虫《にがむし》をかみつぶしたような顔で、俺とじいさんの方を向いた。

「どうじゃ？」

「信じられませんが、考えられる可能性は一つ」

「なんじゃ？」

「マテオ様の魔力で、卵の孵化《ふか》を早めた……としか」

「卵の孵化を早めた？　そんなことができるのか？」

じいさんは驚き、魔法使いに聞き返した。

「通常ではあり得ません、信じられないことです。しかし……状況証拠からはそうだとしか判断できません」

魔法使いはますます苦い顔になった。

なるほど、だからそういう顔になってるのか。

そりゃ……自分の常識を覆《くつがえ》すような出来事に出会ったらそういう顔にもなるか。

「なるほど。通常ではあり得んというのはどういう意味じゃ？」

「マテオ様が、ものすごく強大な魔力を持っていなければ不可能、と」

「ものすごく強大な魔力じゃと？」

「はい……それこそ、帝国屈指の魔力量がなければ……」

魔法使いの口は重かった。

なるほど、そういう判断になるんなら、そりゃ信じられないよな。

というか、俺も信じられない。

自分にそんな強い魔力があるって言われてもなあ。

「他に可能性はないの？」

俺は魔法使いに聞いたが、苦い顔のまま、しかし静かに首を横に振った。

「ありません」

「ふむ……では、本当にそうなのじゃと、わしらにも納得できる根拠はあるか」

「根拠、でございますか」

「うむ。今のままではお主が、魔法使いが一方的に『感じたもの』を話しているだけじゃ。それを魔法使いではない者にも納得できる根拠じゃ」

俺はちょっと驚いた。

魔法使いのその話を聞いたじいさんが、大いに興奮すると思っていたのだ。

それがそうじゃなくて、まず根拠を求めたのは意外だった。

じいさんに聞かれた男は、あごを摘《つ》まんで、うつむき加減に考える。

「——あっ」

「何かあったか」

「血、でございます」

「血？」

「はい、図らずも人間とドラゴンでございますので。双方の血は本来交わらないはず」

「……うむ、それは聞いたことあるのじゃ」

「ぼくも。たしか——ドラゴンの血はマグマのように燃えたぎっているんだっけ」

　じいさんと俺が立て続けに言うと、小さく頷《うなず》いた。

「厳密には少し違います。ドラゴンの血はあらゆるものを排斥《はいせき》する。場合によっては排斥した結果、相手を燃やしてしまうことから、血の色合いもあってマグマのように燃え盛っている、というイメージがついただけのことでございます」

「なるほどのう、で？」

　それがどう根拠につながるんだ？　って顔で先を促すじいさん。

「この排斥が肝《きも》なのですが。もしこのレッドドラゴンの子がマテオ様の魔力を受け継いで生まれたのなら、その血はマテオ様の血を拒《こば》まず溶け合うことでしょう」

「なるほど、そうでなければマテオの血が排斥されて燃える、か」

「その通りでございます」

「うむ、早速やってみよう。マテオよ、よいか？」

「うん。血って、どれくらいいるの？」

「数滴で結構でございます。それと、水を張った器《うつわ》を用意して下さい」

「わかった」

　じいさんは頷き、使用人を呼んだ。

　駆けてきた使用人に命じて、洗面器程度の器に水を張って持ってこさせた。

「マテオ様、この水の中にまずはレッドドラゴンの血を垂らして下さい」

「わかった。いいかな？」

「みゅっ」

ちびは小さくながらも、キビキビとした動きで頷いた。

俺はちびを抱き上げて、使用人が同時に持ってきた針を受け取って、ちびの前脚だか腕だかの皮膚《ひふ》にプスッと刺して、数滴の血を搾《しぼ》り出して洗面器の水の中にたらした。

血が水の中に広がる、同時にもうもうと蒸気が立ちこめる。

「このように、レッドドラゴンの血が水を既に排斥し始めています」

「なるほどのう。では、つぎはマテオじゃな」

「うん」

ちびを地面に下ろして、今度は自分の指の腹を針で刺して、同じように数滴の血を洗面器の中にたらした。

瞬間、蒸気がとまる。

水が気化するのがとまった。

俺の血が水の中に入った瞬間それが止まって、そして、俺の血とちびの血が溶け合った。

「本当に……溶けおうた……」

「信じられない……こんなことがありえるのか……」

二人の大人は驚き、感嘆《かんたん》したのだった。

05 フリースタイル

「みゅー！」

生まれたばかりのちびは、大喜びで俺に飛びついてきた。

またまたじゃれ合ってくるちび、俺は頭を撫《な》でてやった。

ふと、頭の中にある考えがよぎった。

俺はちびの頭を撫でつつ、魔法使いの方を向いた。

「ねえ、一ついいかな」

「なんでございましょう」

「この子は僕の魔力を受けて成長を早めたんだよね」

「そうとしか思えません」

「だったら、もっと魔力を注いだら成長早まるんじゃないの？」

「いえ、そう簡単な話でもありません」

「なんで？」

「多くの生物と同じように、ドラゴンもまた、親の血肉を受け継ぐのは生まれる瞬間まで、ということでございますので」

「そっか。喩《たと》えが上手《うま》いね」

俺は素直にそう思った。

親の血肉を受け継ぐ、という説明の仕方をされると納得するしかなかった。

「かかか、それを瞬時に理解するマテオはやはり賢いのじゃ」

「え?」

「知能、つまり賢さに差がありすぎると会話が成り立たぬからのう。たとえ上のものが下のステージに降りようとも、下のステージの者がたぐる言葉そのものを理解できぬことが多々ある」

「えっと……」

「馬鹿に話が通じない、という意味じゃ」

じいさんは身《み》も蓋《ふた》もないまとめ方をした。

いや、それはそうなんだろうけど。

「でも、そっか。もうちょっとちびを成長させてやれたらよかったんだけどな」

「みゅー?」

「こうやって成長させてやればな、って意味だよ」

俺はそう言いながら、ちびの頭を撫でる手で、さっきのことを思い出した。

卵の殻《から》に触れた瞬間の感触、放った光——それらを思い出す。

すると——再び手が光り出した。

「なんじゃ？」

「問題ありません、マテオ様から放たれた魔力です。レッドドラゴンはもう卵から孵《かえ》ったので、魔力は霧散するだけです」

「そうか——」

魔法使いの説明でじいさんが納得しかけた、次の瞬間。

ちびの体が急速に膨《ふく》れ上がった。

それまでの子犬のような小さくて、愛らしいフォルムが一変。

屋敷よりも巨大で、勇猛《ゆうもう》でいかにもな「ドラゴン」の姿に変わった。

「ぐおおおおおおお!!!」

唸《うな》り声に似た咆哮《ほうこう》。

地面が揺れて、ズボンの裾《すそ》がビリビリと震えた。

「な、なんじゃや!?」

「——っ!!」

驚くじいさん、驚愕《きょうがく》して尻餅《しりもち》をつき、腰を抜かした男。

二人が驚く中、レッドドラゴンはゆっくりと身を屈めた。

「マテオ‼」

じいさんが叫ぶ——が、じいさんが懸念《けねん》するような事態にはならなかった。

身を屈めたレッドドラゴンは、そっと——その巨体から考えたらものすごくそーっとな感じで、俺に頰《ほお》ずりしてきた。

「おー、よしよし」

頰ずりしてきたのを、（サイズ差ゆえに）抱きかかえるようにして撫でてやると、ものすごく喜ばれた。

嬉しそうだった。

「すごい！　すごいぞマテオ！」

レッドドラゴンが俺に懐いてるのを見て、じいさんはますます興奮した。

「馬鹿な……こんなのあり得ない。聞いたこともない」

男は、ますます驚いた。

「あっ」

巨大なレッドドラゴンの姿を維持できたのは三十秒程度だった。

元々のちびの姿に戻ったレッドドラゴンは、やはり俺に飛びついてきた。

三回目ともなるともう慣れたもので、俺はちびを抱き留めながら、魔法使いに聞く。

「これはどういうこと?」

「えっと……お、おそらくは生まれた後なので、やはり血肉にはならず、一時的な強化になったただけ――かと」

語尾が尻すぼみで、自信のない感じだ。

「も、申し訳ありません。はっきりとしたことが言えず」

「かかか、なんのなんの。よい、よいよい」

申し訳なさそうに謝る魔法使いと対照的に、じいさんはものすごく上機嫌になった。

「おじい様?」

「それだけ前代未聞のことだということじゃろ?」

「はい、それは間違いなく」

「であればしようがないのじゃ。マテオがすごすぎる、想像の上をいった。それだけのことじゃ」

じいさんはそう言って、再び「かかか」と愉快そうに笑った。

ここにきて、じいさんは完全にいつもの調子に戻った。

孫を溺愛《できあい》するじいさん、俺のすべてを肯定するローレンス公爵。

という、いつも過ぎる感じに戻った。

06 名前をつけて、力をつける

「ルースに自慢して悔《くや》しがらせないとな」

と言い残して、じいさんは上機嫌に帰っていった。

ちびを孵して、さらに巨大化までさせて——という。

前代未聞のことをやってのけた俺を、腐れ縁の悪友に、今までで一番自慢できるネタだっていう。

それをウキウキしながら自慢しに行くのをみて、年長者だが——正直可愛《かわい》いと思った。

なんて、部屋の中で俺がそんなことを思っていると。

「みゅ？」

そばで寝そべっているちびが顔を上げて、首を傾《かし》げて見つめてきた。

「なんでもない。そうだ、お前に名前をつけてあげないとな。いつまでもちびとか、レッドドラゴンってわけにもいかないだろ」

「——っ！　みゅみゅみゅ、みゅみゅみゅみゅー！」

ちびは飛び上がって、今までで一番嬉しそうにじゃれついてきた。

もはや「狂喜乱舞」といっていいくらいの喜びようだ。

嬉しくなってもらえるとこっちもなんとなく嬉しくなってくるもので、それで撫でたりあごの下をこしょこしょしてやったりすると、ちびはさらに嬉しくなってじゃれついてくる――という、嬉しいの無限機関みたいな感じになった。

十分くらいかけてようやく徐々に収まって、二人とも落ち着いていった。

「さて、どんな名前がいいかな。何かこう、つけてもらいたいのとかある？」

「みゅ！」

「つけてもらえるならなんでもいい、か？」

「みゅ‼」

なんとなく、ちびが言いたいことが分かった。

音としては相変わらず「みゅっ！」とか「みゅみゅっ！」なんだが、なんとなく分かる。

言葉としてじゃなく、感情として伝わってきて、それが「こういうことなんだろうな」と頭が理解して、俺自身が分かる言葉に変換されている。

「だったら……というか、まずは確認だな。お前は男の子、それとも女の子？」

「みゅっ！」

「女の子か、だったら――」

俺は考えた。

マテオになってから書斎で読みふけった本の中から、関連していそうな知識をとにかく片《かた》っ端《ぱし》から引っ張り出した。

「……エヴァンジェリン、で、どうかな」

「みゅ？」

「史上最強のレッドドラゴン。一千年生きて、若い頃は邪竜王《じゃりゅうおう》として君臨したけど、晩年は人類の守護者として崇《あが》められた竜の名前だ。今でも『神竜様《しんりゅうさま》』という単語は彼女を指すくらいだ」

「みゅ！」

ちび――エヴァは飛びついてきて、顔をペロペロしてきた。

分かりやすく喜んでくれた。

この瞬間から、ちびの名前はエヴァンジェリン――愛称はエヴァで決まった。

ふと、エヴァは俺の腕の中から飛び降りた。

そのままてくてくとした愛嬌《あいきょう》のある足取りで窓際に向かっていって、窓枠《まどわく》の上によじ登ろうとし始めた。

登ろうとして上手《うま》く登れない姿が愛くるしかった。

何をするんだ？　と思いつつも俺も立ち上がって、窓際まで行ってエヴァを抱き上げて、窓枠に置いてあげた。

　すると今度は窓を開けようとし始めた。

「何かしたいのか？」

「みゅっ！」

「窓を開けて、大きくしてくれ？　……なんだか分からないけど、分かった」

　何かがしたいんだろう。

　よくは分からないけど、これだけで純粋な好意を向けてくれているんだ、変なことにはならないだろう。

　俺はそう思って、まずは窓を開けて、その後エヴァを抱っこした状態で窓の外に出してあげた。

　抱っこしたままの手で、さっきと同じように成長するように魔力を注いであげた。

　すると、窓の外でエヴァが大きくなった。

　本来のレッドドラゴン、成長しきった凛々《りり》しい姿になった。

　巨大になったエヴァは、窓の高さよりちょっと大きくなった。

　それが頭を下げて、窓の高さに合わせてきた。

　目と目があった。

　すると、さらに頭を下げてきた。

　頭頂部を、窓枠とほとんど同じ高さにした。

「……乗れ、ってことか？」

エヴァの頭頂部――巨大すぎて軽く「床」に見える頭をわずかに上下させた。

頷いたんだろうか。

「よし」

俺は窓枠に足をかけて、身を乗り出してエヴァの頭に乗った。

瞬間――体が下に引っ張られる感じがして、景色が急速に下に流れていった。

次の瞬間、俺は空の上にいた。

バッサバッサと、エヴァが翼を羽ばたく音が聞こえる。

俺はエヴァに乗って――いやエヴァが俺を乗せて、大空を羽ばたいていた。

「おー、すごいな」

エヴァは飛び出した。

レッドドラゴンはその巨体に見合う速度で、あっという間に街から飛び出した。

「すごい、馬よりもずっと速いな」

「グルルル……」

遠雷のような唸り声、レッドドラゴン・エヴァンジェリンの声だ。

その声も、やっぱり内容が分かるものだった。

「なになに、『名前をつけてもらったから、力が湧いてきた』？」

「グルルル……」

そういうものなのか——と首を傾げた瞬間、思い出した。

結構古い本で読んだ内容で、「名付けるということは、もっとも古くて、もっとも簡単な呪《じゅ》術《じゅつ》である」と。

人間でも親の思いが子に伝わるし、人間以外の超生物はもっとストレートに力になる。

つまり俺が名前をつけたから、より力がついたとエヴァは言っている。

本当にそうなら、つけてよかったと思う。

俺は改めてまわりを見渡した。

空を飛ぶのはものすごく気持ちがよかった。

空から見下ろす景色もまた、ものすごく感動的なものだ。

貴族の孫になってたくさんの本を読んできたが、人間が空を飛ぶ方法はどんな本にも書かれてなかった。

こんな景色を見ることができたのは、この世で俺だけだ——と思うとますます気持ちよかった。

「ありがとうな、エヴァ」

俺の感謝の言葉に、エヴァは低い唸り声——しかしはっきりと喜びの声に聞こえる唸り声で答えてくれたのだった。

07 溺愛宣言

次の日、書庫でエヴァと一緒に本を読んでいた。

俺はいつも通り本を読んでて、普段のちび姿のエヴァも、分かるんだか分からないんだかな感じで、本を開いて読んでいた。

俺が今読んでいるのは、レッドドラゴンのことを記した本だ。

もはや伝説上の生き物となったレッドドラゴン、それについて書かれた書物を探したら書庫に一冊だけあった。

それは伝説のレッドドラゴン、エヴァンジェリンの生涯《しょうがい》を記した伝記風小説だった。

ないよりはと読んでみるが、晩年は人類の救世主になっているせいか、この本は終始エヴァンジェリンを「すごい」「さすが」って褒《ほ》め称《たた》えるだけの本だった。

「おもしろいけどさ」

エヴァンジェリン——主人公が褒め称えられて、色々上手《うま》くいくのは挫折《ざせつ》するのを見てるよりは楽しいからそれでいいんだけど、肝心《かんじん》のレッドドラゴンの生態や能力、特性などについては一ミリも情報が増えなかった。

「みゅ？」

俺のつぶやきに反応して、こっちのエヴァが顔を上げて見てきた。

「レッドドラゴンが書かれた本が見つかるといいな、って思っただけだ」

そう言って、エヴァの頭を撫《な》でる。

撫でると、体全体を押しつけてきて、それで嬉しさを表現する。

それで俺もまた嬉しくなって、より撫でる。

まだ出会ってから一日も経っていないのに、すっかりエヴァを撫でることに慣れてきた。

もう今日は本を読むのなんてやめて、エヴァを連れてどこか遊びにいこっか。

なんて、そんなことを思いはじめていると。

「おー、ここにいたのかマテオよ」

「おじい様？」

声とトーンで分かった、じいさんがまた来たのだ。

声の方――ドアの方を向くと、じいさんと一緒に別のじいさんが現れた。

「その人はだれ？」

「ほれ、いつも話しているルースじゃ」

「ウォルフ侯爵⁉」

俺は驚き、パッと立ち上がって、慌てて一礼した。

今まであった人の中で一番偉い人だ。

……いや、じいさんの方が公爵で侯爵よりは偉い人なんだが、いかんせんじいさんは孫の俺を溺愛《できあい》してて、親馬鹿ならぬ爺馬鹿《じじばか》状態だから、全然偉い人って感じがしない。

だから、ウォルフ侯爵は——前の俺の人生も含めた中で、会ったことのある一番偉い人って感覚だ。

「ほう、なかなかに礼儀《れいぎ》正しい。それに賢そうな子じゃないか」

「むろんじゃ、わしの孫なのじゃからな。賢いのは当然。世界一賢い子じゃ」

「何を言う、世界一賢いのはわしの孫娘じゃ」

「はあ？　寝言も休み休み言え、お前の孫娘が可愛《かわい》いのは百歩譲《ゆず》って認めてやっても良いが、マテオ以上に賢いというのはありえん」

「お前こそとうとうボケたか。リン以上に賢い子なぞこの世に存在せん」

「なにを？」

「やるか？」

老人二人、おでこがくっつき合うほどの勢いで、至近距離からにらみ合って、バチバチと火花を散らしていた。

二人とも自分の孫の自慢をしてて、俺はまるでじいさんが二人になったような錯覚《さっかく》を覚えた。

ウォルフ侯爵のことはよく知らないけど、なんとなくじいさんに勝ち目はないような気がした。

孫と、孫娘。

そこだけを切り出すと、孫より孫娘の方が可愛いだろうなと俺は思ってしまう。

いやまあ、それだけの話なんだが。

「よし、今度リンも連れてくる。どっちが賢いか、実際にその場で白黒つけようではないか」

「望むところじゃ」

バチバチと飛び散った火花は、やっかいな形で先送りになった。

それって……今度俺とそのリンって子と直接会って、何か競い合うってことか？

それはちょっと、いやかなり嫌だ。

二人の老人の話を聞くとリンと俺は同年代っぽいが、俺は実際のところ中身はいい大人だ。

幼い子供と張り合うなんて、たとえ見た目が同じで問題なくても俺自身やりたくない。

が、じいさんのことはよく知っている。ウォルフ侯爵の話もよく聞かされてて、いま実際に目《ま》の当たりにしてる。

実際に何かやらないとだめなんだろうなあ……とちょっとだけため息ついた。

「それよりも……あれが件《くだん》の竜か」

話題が急に変わって、ウォルフ侯爵は俺のそばにいるエヴァを見た。

じろり、と見られたエヴァはビクッとして、俺の背中に隠れてしまう。

それを意にも介さず、ウォルフ侯爵は続ける。

「まるで子犬のようではないか。本当にそうなのか？」

「まことじゃ。すまぬなマテオよ、この分からず屋に証拠を見せてやってくれんか」

「証拠……うん、レッドドラゴンだって分かればいいんだよね」

「そうじゃ」

「だったら庭に出よう、ここじゃ狭すぎるから」

「そうじゃな。よいな」

「うむ」

ウォルフ侯爵は頷《うなず》き、俺たち三人と一体は連れだって書庫を出て、屋敷の庭に出た。

老人二人が先導して、俺がその後ろについていき、エヴァがとことこと俺の横を歩く。

庭の開けたところに出た後、ウォルフ侯爵が聞いてきた。

「で、何をどうするんだ？」

「そのまま見ておれぃ。マテオよ」

「うん！　わかった！」

俺は大きく頷き、しゃがんでエヴァに触れた。

「いくよ」

「みゅ！」

そのまま成長の魔力をエヴァに注ぎ込む。

これで三回目、体がすっかり覚えたやり方で魔力を注いだ。

時間にして一秒足らず。

魔力の光が溢《あふ》れ出して、エヴァを包み込んだ。

そして——成長。

ちびが、レッドドラゴンに変身した。

「なっ！」

それを見たウォルフ侯爵が驚愕《きょうがく》した。

「こ、これは……」

「どうじゃ？」

「まさに……レッドドラゴン……どういうことなのじゃ」

疑問に思うウォルフ侯爵に、じいさんが昨日のことを説明した。

レッドドラゴンの卵を横取りしたという話はどうやら既に知っていたようなので、そこから話が始まった、プレゼントされた卵は俺の魔力で成長を促進して、孵化《ふか》したと話した。

「馬鹿な、聞いたこともないぞそんな話」

「当然じゃ、マテオがやることじゃ、前代未聞で結構」

「むむむ……」

唸《うな》るウォルフ侯爵。

いや「むむむ」じゃないだろそこは。

なんで「前代未聞」な話をそんなにあっさり受け入れてるんだ？

「ぐるるるる……」

振り向く、頭上でエヴァが低い唸り声を漏《も》らして、ウォルフ侯爵をぎろり、と見つめていた。

……ああ、この目とこの巨体。

実際に目の当たりにすると、そりゃ納得もするか。

「ほ、ほかに」

「なんじゃ？」

「ほかにも何かできないのか？」

「ふむ。どうなのじゃマテオ」

「他に……ねえエヴァ、何かできる？」

俺はそのままエヴァに話を丸投げした。

今朝から書庫で調べたが、レッドドラゴンに関する本は小説一冊のみだ。

レッドドラゴンに関する知識を満足に得られなかったから、本人に投げるのが一番だと思った。

すると、エヴァは小さく頷いた。

くるりと振り向いて、誰もいない方角を向く。

そして翼を羽ばたかせて、数メートル飛び上がった――その直後。

口から炎を吐いた。

渦巻《うずま》く炎が斜め下に飛び、庭の地面を焼いた。

直前までそこは手入れの行き届いた庭の綺麗《きれい》な芝生《しばふ》があったのに、今はボコボコと、気泡《きほう》を噴く真っ赤な溶岩に変わっていた。

まるで地獄絵図だ、とつぶやきたくなるほどの衝撃的な光景である。

「ば、馬鹿な」

「レッドドラゴンであればこれくらい当然じゃろう」

「ちがうわ！　レッドドラゴンがこうも人間に従順なのが信じられんのだ！」

「くははは、驚いたか」

じいさんはご満悦《まんえつ》だった。

「それもマテオなればこそじゃ」

「むむむ……」

いやだから「むむむ」じゃなくて……。

なんでそこを納得風に悔《くや》しがるんだろうな。

ウォルフがそうやって悔しがっているうちに、エヴァが元のちびの姿に戻った。

昨夜からいろいろ試した結果、どうやらエヴァの「変身」時間の長さは使った力に比例して短くなるらしい。

元の姿に戻って、ただいるだけとか、移動するだけならそんなに力を使わないから長く維持できるのだが、今のように炎を吐くとすぐに力を使い果たしてしまうようだ。

俺はちびに戻ったエヴァを褒《ほ》めるように撫《な》でてやりながら、驚愕したままのウォルフ侯爵に言う。

「僕がすごいんじゃないよ。運良くエヴァの親みたいなのになっちゃっただけだから」

「むむむ……」

いや、なんでそこで「むむむ」？　――と思ったらすぐに理由がわかった。

「ほれみい、マテオは力を持っても増長はしておらん。お前の孫娘にこれができるか？」

「……」

悔しそうに顔をゆがめるウォルフ侯爵。

ああ、「むむむ」ってそういう理由で。

じいさんとウォルフ侯爵は本人が腐れ縁というほど性格とか価値観が近いらしくて、じいさんの指摘をウォルフ侯爵は本気で悔しがった。

「ま、まだだ。勝負は本人同士が実際に会ってみなきゃ分からん」

「ふっ、そこまで言うのならそれでもよいのじゃ」

「むむむ……」

そしてまた「むむむ」。

ウォルフ侯爵のその反応はもはや「負け惜しみ」の域に突入しちゃってて。

何も知らない人が見れば、侯爵が完敗している、というしかないくらいの負け惜しみだった。

「どうやっても、マテオの方が優秀なのは確定しておるがのう」

じいさんはじいさんで勝ち誇っている。

それをされたウォルフ侯爵は「ぐぬぬ……」ってなっている。

いやあ……この二人。

本当に仲がいいな、と俺はしみじみと思った。

「リ、リンはそれだけじゃない、いくら溺愛《できあい》しても甘やかしても増長しないのがすごいぞ！」

「そんなのマテオも一緒じゃ」

「なら……勝負だ」

「よかろう。勝負じゃ。孫を溺愛し、より増長しなかった方が勝ちじゃな」

「おう！」

「そうと決まれば準備じゃ」

「負けんぞ」

二人は意気込んで、部屋から出ていった。
孫たち——俺をますます溺愛すると宣言して。
……え？
これ以上、溺愛するっていうの？

08 ドラゴンの一撃

あくる日、俺はエヴァを連れて街に散歩に出た。

街を歩く俺の横を、とことこと歩くちびのエヴァ。

遠目には一見子犬に見えるが、すれ違う人が皆ぎょっと振り向くくらいには、やっぱり子犬とは違って、普通は見ないような生き物だろうな。

ふと、エヴァが立ち止まった。

立ち止まって、見つめる先は——ケーキ屋だ。

店先のカウンター式ショーウィンドウの中に様々なケーキが所狭しと並んでいる。

それだけじゃなく、バターが焼ける香りも漂ってきて、ここに立っているだけで思わずよだれが出そうないい店だ。

「食べたいの？」

「——みゅっ‼」

「そっか。どれがいいんだ？」

エヴァはパッとショーウィンドウに飛びつき、イチゴが載ったショートケーキを示した。

「それだな。おじさん、そのショートケーキを一つください」

「あ、ああ」

カウンターを兼ねているショーウィンドウの向こうにいる青年は、他の人々と同じようにエヴァを見て戸惑っていたが、俺の声で我に返った。

青年はショーウィンドウから注文したイチゴケーキを取り出して、紙の箱に入れようとしたが、

「そのままでいいよ、皿かなんかに載せてくれると嬉しいな」

「ああ、そうか」

青年はエヴァを見て納得した。

今すぐに食べたい&食べさせたいというのは、エヴァがよだれをたらしてショーウィンドウにひっついているのを見れば、だれでも分かろうというものだ。

青年は一旦店の奥に引っ込み、しばらくして皿に載せたショートケーキを手に店の外に出てきた。

それを俺に渡した。

「ありがとう」

俺は代金を支払って、皿を地面に置く。

するとエヴァはさっそくケーキに飛びついた。

ケーキをがぶっと一口、ガツガツガツ——と頬張《ほおば》るが、ショートケーキの上に載っているイチゴには口をつけていない。

いや、正確には何度か匂《にお》いを嗅《か》いだり、ぺろっとなめたりしているが、その度《たび》にググって我慢して手を出さない、って感じだった。

「イチゴ好きなの？」

「みゅっ！」

「……もしかして、好きなものは最後までとっておくタイプ？」

「……みゅっ！」

他人にはたぶんただの鳴き声に聞こえるだろうが、俺の魔力で育ったからか、エヴァの鳴き声は俺には意味が理解できる。

エヴァは「イチゴは一つしかないから」って言ったのだ。

俺はふっと笑い、青年の方を向いた。

「もうひとつ——ううん、二つ下さい。これと同じようにお皿に載せてください」

「はは、分かったよ」

エヴァが食べている姿と、俺が追加でケーキそのものよりもイチゴを食べさせてやりたいのを理解した青年は、最初の頃の戸惑いなどどこへやら。

にこりと笑顔で店の中に戻っていき、追加注文のショートケーキを持ってきた。

それをエヴァは大喜びでむさぼる。

イチゴが三つに増えたから一つずつ食べていくのかと思えば、なんとケーキだけ食べきってから、残った三つのイチゴを一気に食べた。

「はは」

やっぱり好きなものは最後に残しておくタイプだったか。

しかも残しておいて、それ「だけ」を一気に食べるタイプ。

エヴァのその行動がおかしくて、ついつい笑みがこぼれた。

「ねえおじさん」

「なんだい？」

「おじさんの店は配達とかやってる？」

「ああ、注文してくれればな」

「じゃあ、毎日届けてくれる？　町の西にあるロックウェルの屋敷に」

「毎日？　ってロックウェルの屋敷⁉」

男は二重に驚いた。

「もしかして、公爵様の……？」

「うん。お願いします」

俺は軽く頭を下げた。

「わ、分かった。毎日届けさせてもらうよ」

「ありがとう」

「みゅー！」

エヴァは俺に飛びついて、顔をペロペロした。

店先でしばし、エヴァとじゃれ合った。

それまでは不審なものを見るような目をしていた通行人たちも、エヴァの仕草にほだされて、ほとんどが破顔《はがん》して、微笑《ほほえ》ましい感じで見守っていた。

その微笑ましい空気は——

「やめてください！」

いきなり、女の切羽詰《せっぱつ》まった声に打ち破られた。

その場にいる全員が声の方を向いた。

すこし先にある酒場、その店の前で、一組の男女がもめていた。

女は明らかに嫌がっているのに、男は女の腕をつかんでニヤニヤしながら絡んでいる。

「いいじゃねえか。昨夜も、なあ？」

「誤解を招くようなことを言わないでください！　あれは店だったたし、酒場だからお酒を注いだだけです！」

「照れるなよー、笑ってくれただろ?」

「笑うくらいします!」

「つれないこと言うなよ、なあ」

「きゃっ!」

女はさらに悲鳴を上げた。

男が腕をつかんだまま引き寄せて、その上で尻を揉《も》みしだきだした。

「や、やめてください!」

「ふふ、もう感じてるのか? んん?」

「嫌がってるんです! だれか! 誰か助けて!」

女は助けを求めた。

まわりの人間は見て見ぬ振りこそしてないが、介入するべきかどうか、で悩んでいる様子だ。

さすがに——見過ごせん。

「そこまでだよ」

「ああん?」

俺は近づき、止めに入った。

「もうそれやめて」

「なんだ坊主《ぼうず》、正義の味方ごっこか? そういうのは家に帰ってお人形さんで——」

「正義の味方ごっこって言えるってことは、自分でも悪いことをしてるって自覚があるからなんだね」

「――っ！」

男は息を呑《の》んだ。

動きが止まって、俺をぎろりと睨《にら》んだ。

「小僧、今ならまだ見逃してやる、あっち行け。大人はこえぇぞ」

「あんたこそ今すぐそのお姉さんを離して。悪いことをした後は怖いよ」

「ふざけるな！」

男は前足を振り上げた。

ボールかなんかを蹴《け》るかのように俺を蹴ろうとした。

俺はさっと避けた。男が女をつかんでいて動きが鈍いから躱《かわ》しやすかった。

「しょうがない。エヴァ」

俺はため息つきながら、ちびの名前をよんだ。

「みゅっ」

すると、エヴァは俺のそばにやってきて、見上げてきた。

俺はまわりを見回した。

道の広さと、まわりの人の数。

あまりスペースはないな……

「前脚だけ——できる？」

「みゅっ！」

エヴァは大きく頷《うなず》いた。

「そうか」

俺は頷き返し、しゃがんでエヴァにそっと触れた。

「ふざけるなよ小僧‼」

男は女を放りだして、俺につかみかかってきた。

次の瞬間、俺が魔力をそそいだエヴァの体が光った。

そして——膨《ふく》らむ。

前脚が一本だけ膨らんで、レッドドラゴンの成体の姿に戻った。

いきなり現れた巨大な前脚が、男を「ペチッ」と叩いた。

レッドドラゴンの「ペチッ」、しかし実際は「ドッスン！」

地面が少し揺れたほどの力で、男を踏みつぶした。

なんの変哲もない動きだが、圧倒的な大きさで、男は地面に押し倒されてつぶされるようなかたちになった。

エヴァが前脚をどけると、男がビクビクとけいれんして、足と腕が曲がっちゃいけない方に曲がっていた。

まあ、死ぬような怪我《けが》じゃないしいいだろう。

「もういいよ」

「みゅー」

エヴァは頷き、前脚を元のちびの姿に戻した。

「「「………」」」

ふと気づくと、まわりが揃《そろ》って絶句していた。

息を呑《の》んで、信じられないものを見たような顔をしている。

徐々に、ぽつりぽつりと言葉が漏れだしてきた。

「な、なんだ……あれは」

「化け物だよ、化け物だよあれ！」

「なにいってるの！　あんなにかわいいんだよ」

「でも化け物だろあれ！」

一部はエヴァに思いっきり怯《おび》えていた。

無理もない。

今でこそ子犬のような愛くるしい姿だが、直前まではその子犬に、体の数十倍もある前脚が生えていたんだ。

普通は怯える。

そんなまわりの怯えを、エヴァはまるで気にしてなかった。

「お疲れ」

「みゅみゅっ‼」

俺がかけたねぎらいの言葉が、さっきのイチゴよりも嬉しかったかのように、飛びついてじゃれてきた。

追加で頭を撫《な》でてやるとますます嬉しそうにした。

「ほら、やっぱり可愛《かわい》いじゃない」

「むぅ……」

「あの……ありがとう、ぼく」

俺に話しかけてきた声に顔を上げる。

すると、絡まれていた女が近づき、俺にお礼を言ってきた。

「助かったわ」

「どういたしまして。それよりも大丈夫？」

俺はそう言って、倒れている男をちらっと見た。

「これ以上悪さしないように、ちょっと強めに脅かしておこっか」

「それなら大丈夫。うちのマスター怖い人だから。マスターに言って、ちゃんとしてもらうから」

「そっか、それなら安心だね」

俺は頷いた。

この手の酒場のマスターは彼女が言うとおり「怖い人」が多い。

この程度のチンピラ——うん、想像したらご愁傷様《しゅうしょうさま》なことになりそうだ。

「ありがとうね、ぼく」

女はもう一度そう言って、身を屈んで、俺のほっぺにキスをしてくれたのだった。

いい匂《にお》いがして……ちょっと嬉しかった。

09 最高の孫

散歩が終わって、エヴァを連れて屋敷に戻ると、屋敷の前に馬車が止まっているのが見えた。

見慣れた、じいさんの馬車だ。

また来たのか？　とちょっとびっくりして屋敷に入る。

「お帰りなさいませ、マテオ様」

メイドが出迎えてきたので、聞いてみた。

「ただいま。おじい様が来てるの？」

「はい。大旦那様《おおだんなさま》はお客様と一緒にリビングでお待ちです」

「また客？　分かった——ああそうそう、明日から毎日ケーキが届くから。受け取ったらエヴァに出してあげて」

「承知致しました」

メイドはしずしずと頭を下げた。

俺はきびすを返して、エヴァを連れたままリビングに向かって歩き出した。

貴族の孫になって早数年、一つ覚えたことがある。

貴族とか、俺のような実質貴族の暮らしをしている人間は「金を払っといて」とは言わない。

なぜなら、普通の買い物で貴族が自ら金を払うことはないのだ。

大抵の場合、金を払うのは使用人たちで、貴族はいちいち細かい金勘定に口を出さないのだ。

出さないのが美徳とされていて、口を出そうものならさもしく思われてしまう。

そんなんだから、節約なんてもってのほかだ。

それを口にした途端、変人に見られてしまう。

いや変人に見られるだけならまだいい。

下手したら貴族失格と思われるか、実は家が傾きかけてるか、とかあらぬ疑いをかけられて、巡り巡って実際に家が傾いてしまうケースもある。

だから、貴族は日常的な金のことをいちいち口にしちゃいけない。

まあそれはそうとして。

エヴァの毎日のおやつ、軽い食費の部類だ。

この程度なら、庶民《しょみん》のうちでも働いてる大黒柱とかならいちいち気にしない程度のもの。

俺は全部任せることにした。

そうこうしているうちに、リビングに着いて、ドアの前に立った。

俺の屋敷だが、じいさんの屋敷でもある。

じいさんが客を連れてきてるならなおさらで、俺はドアをノックしつつ、

「マテオです」

と、若干《じゃっかん》「余所行《よそゆ》き」な声色を意識しながら言った。

「うむ、入るのじゃ」

「うん」

ドアを開けて中に入ると――びっくりした。

リビングには二人と一頭がいた。

一人はじいさん。

じいさんは普通にソファーに座っている。

メイドに出してもらった砂糖たっぷりの黒茶をすすってる。

もう一人と一頭は――こっちの方がちょっとおかしい。

なんとリビング――室内であるのにもかかわらず巨大なトカゲ――立ち上がればたぶん大人の男よりは大きいトカゲだ。

そのトカゲがいるそばで、青年の男が背中をこちらに向け●ンコ座りしている。

なんでトカゲ？　そしてなんでウ●コ座り？

そんな俺の疑問をよそに、じいさんが口を開く。

「紹介するのじゃ。この男はレイフ・マートン」

「初めましてマートンさん。マテオ・ローレンス・ロックウェルといいます」

俺は軽く自己紹介して、ぺこりと頭をさげた。

「それが例のレッドドラゴン？」

レイフは返事をするでもなく、色々とすっ飛ばした感じで、俺の横にいるエヴァに目を向けてきた。

「えっと、うん」

「大きくできるって？」

「そうだよ」

「そこでやってみて」

「うん、わかった。でも室内だから、一部だけでいいかな」

「一部？」

「うん、こう」

色々と思うところもあるが、じいさんが連れてきた人間だ、詮索《せんさく》は落ち着いたときでいい。

そう思って、俺は頷《うなず》きつつ、エヴァに触れた。

「前脚ね」

エヴァにそう告げてから、魔力を注ぐ。

するとエヴァの前脚が巨大化した。

レッドドラゴンの成体の姿、巨大な前脚に。

「へえ、面白いじゃないか」

「面白い？」

「それ、ちょっと解剖《かいぼう》させてよ」

「みゅ⁉」

エヴァがビクッとした。

前脚がみるみるうちにしぼんで、完全な子犬ちっくな姿に戻って、俺の背中に隠れた。

すがってくる小さな体が、小刻みに震えているのが分かる。

俺は怯《おび》えるエヴァを撫でてやりつつ、レイフに抗議の視線を向けた。

「だめだよ、それは」

「そう？　まあ、ユニーク級なら替えがきかないから、解剖は最後にまわすか」

いやいや最後じゃなくて解剖自体やめろよ、というのがのど元まで出かかった。

まだほんのちょっとの付き合いだ。

顔を見てから三分も経っていない。

それでも分かる——誰でも分かる。

レイフ・マートンという男は、どうやらかなりエキセントリックな性格の持ち主のようだ。

自己紹介もそこそこに、エヴァのことを解剖させろだなんて。

普通の人間じゃありえない発言の数々。

その「あり得ない」のターゲットが、エヴァから俺に横滑りしてきた。

「お前も面白いな」

「僕の解剖はもっとダメだよ！」

こっちはさすがに声が出た。

解剖とかさせられるか――っていう、ノリツッコミに近い、この場を和《なご》ませるジョークに近いものだったが。

「だめか？」

「だめだよ！」

いやな「大当たり」で、レイフはそれをするつもりだったようだ。

「マートンよ、それは許さんぞ」

じいさんが横から口を出してきた、それまでは黙って見守ってる感じだったのにいきなりだ。

瞬間、俺までゾクッとした。

部屋の温度が十度くらい一気に下がったような気がした。

じいさんはそれくらいの殺気を放ってて、見るとものすごい――殺し屋みたいな目をしていた。

「なぜだ」

「わしの孫だからじゃ」

「孫といっても血は繋《つな》がってないと聞いた。橋の下で拾ったから、犬か猫と同じくらいなんじゃないのか？」

「孫は孫じゃ」

「ふーん……やっぱり老人は頭おかしい。理解しがたい」

いやいや、今のは老人だからとかじゃないだろ。

普通の人でもそういう反応をする、じいさんがケタ違いの殺気を出してるだけで本質は一緒だから。

頭おかしいのは……むしろレイフなんじゃないかなって思う。

「しょうがない。どうもじいさんの話を聞くと、あんたもユニーク級らしいから、解剖はまた今度にしよう」

「ユニーク級？」

「知らないのか？　唯一的って意味だ」

「唯一……」

俺はエヴァを見た。

さっきもエヴァに向かってそんなことを言ってたな。

いや、エヴァのは分かる。

卵に触れたらいきなり孵《かえ》ったとか、一部だけ成長したりできるとか、そもそもがレッドドラゴンだからだとか。

たぶんエヴァはこの世界で一体しか存在しない、かなり特殊な子だ。

それは分かるんだけど……俺も？

「そのためにレイフに来てもらったのじゃ」

殺気を収めたじいさんが、まるで俺の心を読んだかのようなタイミングで疑問に答えてくれた。

そういえば、またなんでこの男を連れてきたのか、聞いてなかったっけな。

レイフのキャラが強烈過ぎて、挨拶《あいさつ》代わりの一発を突っ込むので手一杯だった。

「どういうことなの？　おじい様」

「魔力のことを覚えているか？」

「えっと、僕に強い魔力があるかもしれないってこと？」

「そうじゃ。前に呼んだあやつは力のほどを測れなかったから、代わりにこやつを呼んだのじゃ。こやつはこう見えて魔法工学の天才でな。マテオの話をしたらやれるといったのじゃ」

「そうなんだ」

なるほどそういうことか、と俺は納得した。

そこまでして測りたいのか――という疑問は持たなかった。

じいさんからすりゃ、俺を自慢するために測りたいんだろう。

子供が賢いと分かれば、いろんなテストを受けさせて、その点数を自慢の種にしたいのと一緒だ。

そこは、世の親御さんたちとなんら変わらない。

いや、親よりも祖父母の方がそういう傾向が多い。

親が子供を溺愛《できあい》する——という話を聞けば教育上どうかと思う者もいるが、祖父母が孫を溺愛すると聞けば大半の人間は納得して微笑《ほほえ》ましく思うものだ。

だから、じいさんがめげずに、俺の魔力を測るために新しい相手を連れてきたことには納得した。

「そっか、天才さんなんだ」

あらためてレイフを見た。

今でもトカゲの上でウン●座りをしてて、話してない時はたぶんメイドが出したであろうケーキを手掴《てづか》みでむっしゃむっしゃ食べている。

天才というよりは、今のところ変人の要素が強いが——うんまあ、じいさんがそういって連れてきたんならちゃんと天才なんだろう。

「わかった。よろしくお願いします、マートンさん」

「じゃあ脱いで」

「へ？」

「今度はなんじゃレイフ」

じいさんの目がすぅと細められた。

またまた、部屋の温度が急降下しだした。

それをレイフはまったく意に介することもなく。

「ちゃんと測りたいんだろ？　だったら脱がないと」

「うむ？」

「体に本人の肉体のものじゃないものがくっついてると測定の精度が下がる。適当に測っていいのならそれでもいいけど」

「むむむ」

いや「むむむ」じゃないだろじいさん。

「マートンさん、どうしても脱がなきゃダメ？」

「別にいいよ、精度下がるだけだから」

「だったら、まずは着たまま測らせて。それでどうしてもダメならまた考えよう」

「そうか」

レイフは納得した。

俺はまず服を着たまま測ることにした。

「じゃあ何人か使用人使わせて」

「うむ」

じいさんは頷《うなず》き、手を叩いて使用人を呼んだ。

じいさんのことを「大旦那様《おおだんなさま》」と呼ぶこの屋敷のメイドたちが三人、続けて部屋に入ってきた。

じいさんは人数を確認してから、レイフの方に向き直って。

「三人でよいか？」

と聞いた。

レイフは小さく頷いた。

「ん。あんたたち、そこの箱から中身をとりだして」

レイフが視線を向けた先、部屋の隅っこに持ってきたらしき箱があった。

メイドたちは命令に従って、箱を開けて中身を取り出した。

何かの装置に、その装置から線が伸びてて、その先端は指輪のようになっている。

それが——十数個あった。

「それをこの子の指全部につけてやって」

レイフが言うと、メイドたちは先端の指輪っぽいのを持ってきて、俺の指につけていった。

十数個あったと思ったのは、実際はぴったり二十個だった。

両手と両足、ぴったり全部の指に収まったから、二十個だ。

「それじゃ、適当に魔法を使ってみて」

「魔法？　どうしたらいいんだろ」

「なに？　まさか魔法使えないのか？」

「うん」

俺が答えると、レイフは呆《あき》れた目でじいさんを見た。

言葉にしなくても分かる、「話が違うぞ」って目だ。

糾弾《きゅうだん》される側のじいさんだが、まったく動じる様子はなく、俺に向かって言ってきた。

「マテオよ、その子をもう一度巨大化させればよいのではないか？」

と、エヴァを指した。

そうか、エヴァを巨大化するときに魔力を使うんだったっけ。

「それでいいの？」

「魔法というより、魔力を使えばよいのではないか？」

「それでもいいけど。何度も言うけどちゃんとやらないと精度が下がる、大雑把《おおざっぱ》なものにしかならないから」

「うん、わかった」

俺ははっきりと頷いた。

レイフはさっきから不機嫌になっているけど、実のところ大雑把でいいと俺は思っている。

じいさんが俺の魔力を測ろうとしている理由は、知り合いに孫の自慢をしたいだけなんだ。

そんなことに、細かい計測とかいらない。

大雑把に分かればそれでいいんだ。

「それじゃ……エヴァ、おいで」

「みゅ！」

エヴァが俺に飛びついてきた。

俺はエヴァを連れて、窓際に行った。

窓を開けて、抱っこしたまま外に出して——魔力を注ぐ。

俺の魔力を受けて、エヴァがレッドドラゴンの成体になった——その瞬間。

バチ——バチバチ、パァーン！

俺の全身と繋《つな》がっていた線が、全部一気に焼き切れた。

繋がっている先の装置みたいなのも爆発した。

「ど、どういうことじゃ」

「…………」

驚くじいさん、一瞬で真顔になったレイフ。

「おい、レイフよ」

「うん、ああたいしたことはないよ」

「なんじゃと」

「ただ測定上限を超えて、測れなかっただけだよ」

「測れなかった？」

「この機械は魔力を数値化して測れるんだけどね、例えば僕は5、その辺の魔術師は2から30くらい。宮廷の連中だと100越えるか越えないかくらい」

「ふむ」

「だから、999まで測れるように作ったんだけど――」

「マテオが999越えているということじゃな！」

じいさんはレイフに食いついた。

相変わらず、俺に都合のいい話だと理解が早いんだからじいさんは。

「そういうこと」

「すごい、すごいぞマテオよ」

「そんなにあるんだ……」

「で、どうする？　高いのは分かったけど、僕を呼んだのは正確に測りたいからだっけ？　まだそれやる？」

「できるのか？」

「僕に出来ないことはないよ、レイドクリスタルがあればすぐにでも」

「レイドクリスタルか、いいじゃろう、すぐに用意させる」

じいさんはさらに使用人を呼んだ。

よく教育されていて、呼び方の声のトーンの微妙な違いで、やってきたのは、この屋敷のメイドじゃなくて、じいさん直属の使用人だ。

中年で、立派な髭《ひげ》を生やしている男はじいさんのそばにやってきた。

じいさんはその男に耳打ちした。

彼は静かに頷き、ゆっくりと腰を折ってから、退室した。

そのまま待つこと——一時間弱。

男は宝石箱のようなものを持って戻ってきた。

じいさんはそれを受け取って、蓋《ふた》を開ける。

そしてレイフに見せる。

「これがレイドクリスタルじゃ、合っているか?」

「いいよ、じゃあ五分待って」

「そんなにすぐにできるの?」

「僕は天才だから」

レイフは自慢するでもなく、まるで「僕は男だから」みたいな淡々とした口調で言って、レイドクリスタルを受け取って、さっき爆発した箱に向かっていき、取り付けを始めた。

それを眺めつつ、ふと、俺は「レイドクリスタル」という単語が記憶の中にあることを思いだした。

「ねえおじい様」

「うむ？　なんじゃマテオや」

「レイドクリスタルって、僕の記憶が正しければかなり高価なものなんじゃないの？」

「そうじゃったかな……おい」

じいさんは少し離れたところで待機する、さっきレイドクリスタルを調達しにいった男を呼んだ。

あー、貴族だし、買い物の値段なんていちいち気にしないか。

男は近づいてきて、じいさんに小さく頭を下げた。

「マテオが聞いておる。いくらしたのじゃ？」

「金貨三〇〇枚でございます」

「だそうじゃ」

「えええええ!?」

その数字には驚いた。

金貨三〇〇枚って、庶民《しょみん》が一生かかっても稼《かせ》げるかどうか――いや八割の人間は稼げない額じゃないか。

「た、高いよ！」

「なんの」

じいさんはニカッと笑った。

「これでマテオの魔力がきちんと測れるのなら、むしろ安いくらいじゃ」

「お、おぅ……」

俺は返事に窮《きゅう》した。

迷いなくそう言い切るじいさんにちょっとだけ引いた。

安くは……ないだろ。

「できた」

そんなこんな言ってるうちに、レイフの改造作業が終わった。

装置はさっきとさほど変わらない見た目だ。

レイドクリスタルが組み込まれている以外ほとんど一緒だ。

そして、装置から出ている線と、線の先の指輪っぽいのも一緒だ。

レイフはメイドを呼ばないで、自分で指輪を持ってきて、俺に取りつけてきた。

「今度はちゃんと測れるのか？」

取りつけている間、じいさんが横から聞いてきた。

「いけるよ。コアにレイドクリスタルを使ったから、測れる上限はさっきの十倍になっている」

「つまり一万弱までは測れるということか。ふむ、ならばいけそうじゃな」

じいさんは満足して頷《うなず》いた。

さっきの十倍、というわかりやすい数字がよかったみたいだ。

全部取りつけた後、レイフは俺からそっと離れた。

そして、言う。

「やってみて」

「うん。エヴァ」

「みゅ！」

俺はもう一度エヴァを抱き上げた。

抱き上げたまま窓の外に出して、トゥルーフォームに戻した。

魔力光が放たれ、二十本の指から線を通って装置に集められて――ドォォォォーン‼

さっき以上の爆発が起きて、装置は、跡形もなく吹き飛んだ。

「な、なんじゃ」

「ふーん」

「一人で納得しているでないわ。これはどういうことじゃ？」

「どういうことも何も」

レイフは肩をすくめた。

「測れる上限、魔力値が一〇〇〇〇超えてるだけの話だよ」

「一〇〇〇〇⁉　まさか！　そんなのあり得るのか」

「僕は天才だよ」

レイフは誇るでもなく、ただ事実を淡々と告げるような口調で言う。

「僕がやったことは全て結果をありのままに出す。結果に間違いはない」

「……」

ぽかーん、となってしまうじいさん。

「つ、つまり……」

「魔力値は一〇〇〇〇超えている、間違いない」

じいさんはぎぎぎ、って感じでこっちを向いた。

「すごい、すごいぞマテオよ！」

じいさんにとっては最高の結果になったが。

この時の俺はまだ知らなかった。

俺の魔力は、後に人類史上最高のものとして歴史書に記されるということを。

今はまだ貴族の孫として、じいさんが自慢できる子だということに、とりあえず満足したのだった。

10 溺愛が加速する

「学園を作ったのじゃ」

ある日、朝食後の読書をしていると、いきなりやってきたじいさんが宣言するように言い放った。

「……えっと」

あまりにも急なことに、何を言ってるんだこの人は、って感じにぽかーんとなってしまう俺。

ずっとそうしているわけにもいかないから、気を取り直して、って感じで聞くことにした。

「学園を作ったって、どういうこと？」

「そのまんまの意味じゃ。新しい学園を作ったのじゃ」

「はあ……そうなんだ」

で？　っていう顔でじいさんを見る。

すると、じいさんは誇らしげに。

「マテオのための学園じゃ」

と言い放った。

「僕の？」

これには驚いた。

じいさんは公爵という、大貴族だ。

権力もある、財力もある。

だから学園を一つ二つ建てたところでまったく驚きに値しない。

むしろ貴族の義務として、そうすることもあるんだなって普通に納得するくらいだ。

だが、マテオ《おれ》のためというのなら話はまったく変わってくる。

「僕のために学園を作ったって、どういうこと？」

「うむ、この前マテオの魔力を測ったじゃろ？」

「うん、そうだね」

レイフを連れてきて、金貨三〇〇枚という超レアアイテムを使ってまで俺の魔力を測った話か。

ちなみに、その時に使ったレイドクリスタルは、俺の魔力の大きさに耐えきれずに爆発四散した。

金貨三〇〇枚が一瞬にして「パァ」だが、じいさんは気にすることなく、むしろ結果に大いに喜んだ。

魔力値一〇〇〇〇〇超え、史上最高かもしれないという結果に大いに喜んだ。

そういう意味では、俺にとっても忘れようがない出来事だ。

「あの後調べてみたが、マテオの魔力はやはり歴代最高だということが分かった」

「そうなの⁉」

「その通りじゃ。あの数値、基準こそヤツのオリジナルだが、大雑把《おおざっぱ》に過去の人間の数値も類推はできたのじゃ。結果、一〇〇〇〇を超える人間は未だかつて存在しないということがわかったのじゃ。空前絶後の才能じゃ」

「そうなんだ」

俺はちょっと焦った。

自分のやったことが「空前絶後」なんて言われたら大半の人間はこういう反応をするんじゃないだろうか。

それで「落ち着け、落ち着け俺」と心の中で言い続けて、返しを探した。

そこで、じいさんの初っぱなの宣言を思い出す。

「それが……どうして学園に繋《つな》がるの？」

「マテオのための学園じゃ」

「僕のため？」

「マテオは巨大な魔力を持っておる。しかし、魔法はまだ使えぬ」

「……あっ」

「うむ、そうじゃ。その才能を腐らせてはならん。稀代の才能から稀代の結果を出すために、最高の学園を用意したのじゃ」

「そうなんだ……」

これもまた、じいさんが俺を溺愛《できあい》する一因だった。

そういう話も、まあ分かる。

子供に音楽とか芸術の才能があると分かれば、大金をかけていい教師をつけてやったという親を俺は何人も知っている。というか世間一般的にそうだ。

いや、才能があると「信じたい」だけの段階でもそうする者が多い。

それを考えると、実際に魔力値一〇〇〇〇という結果を出した俺にじいさんが舞い上がって学園を作るのも、規模の違いはあるが分かる話だ。

「箱が最適なのに作らせたのはもちろん、教師も最高な人材を揃《そろ》えた。マテオの学友になる子も今は厳選中じゃ」

「学友？　同級生とか、一緒に勉強をする子たちってこと？」

「うむ、そうじゃ」

「なんで？」

素直に疑問だった。

俺を育てるのなら、そういうのはいらないだろ。

もしかして、宿敵と書いて「とも」と呼ぶ相手がいた方が成長ができるから、とかそういう――。

「マテオを称《たた》えて、マテオの偉大さを広める者たちが必要じゃ」

――そっちかよ！

思わず声に出かかってしまった。

予想の斜め上の目的に俺はがっくりきた。

予想は斜め上だが、じいさんがやろうとしていることを考えればちっとも「ブレ」がないのがある意味恐ろしい。

「わしは高齢じゃ、明日天寿《てんじゅ》をまっとうしてもおかしくない年齢」

いやじいさんはまだまだ十年二十年と生きると思うぞ、すっごい元気だし。

「じゃから、わしの後にマテオを自慢し続ける若い世代もついでに育成せねばと思ったのじゃ」

「な、なるほど」

「そして、マテオが学ぶ間の護衛も揃《そろ》えたのじゃ。安心してそこで学ぶがよいぞ」

「……ねえ、おじい様」

「どうしたマテオ、なにか注文があるのか？」

「ううん、そうじゃなくて。ちょっと念の為に聞いておきたいことがあるんだけど……」

俺の頭の中にあることが浮かび上がった。

ものすごい恐ろしい想像だが、聞かずには——目をそらしたままではいられなかった。

「その学園って、どれくらいお金をかけたの？」

「うむ！　マテオのために作る学園じゃ。一カ所もケチってはいかんとちゃんと金額を把握《はあく》しておるぞ」

じいさんは自慢げに言い放った。

通常貴族は使った金は把握してないものだが、それをあえて、とじいさんは言った。

「ど、どれくらい？」

「金貨にして、二万と八千六百——」

「ありえないよ!?」

さすがにもう呑《の》み込めず、声にだして突っ込んだ。

金貨二万枚って——いやむしろ三万枚か!?

そこそこの街の年間予算に相当するぞ、それ。

「やはり少なかったか。案ずるなマテオ。小童《こわっぱ》に言って国からも出してもらうのじゃ」

恐ろしいことに、じいさんはまだまだつぎ込む気だ。

孫を溺愛するレベルを超えてるぞ、じいさん……。

11 魔法の天才

俺の屋敷の中。

普段は使われていない空き部屋。

そこに急遽《きゅうきょ》、机と椅子《いす》、そして教壇《きょうだん》と黒板を置いて、教室らしくした。

校舎が落成するまで、ここで授業を受けることにした。

俺がじいさんに「おねだり」して、授業だけ前倒しにしてもらった。

知識と同じで、魔法もスキルで、力だ。

それを身につける機会があるのならば、逃す手はないってもんだ。

俺に「おねだり」されたじいさんは。

「おお！　さすがマテオじゃ。その歳でその向上心……うむ、ならばすぐに教師だけでも来させよう」

と、大喜びで手配してくれた。

その教師が今、俺の目の前の教壇に立っている。

俺は教師と向き合って生徒として席に着いていて、チビドラゴンのエヴァは俺の足元で丸まって大人しく寝ている。

「初めまして。わたくしはカール・トラウンと申します」

「よろしくお願いします。マテオ・ローレンス・ロックウェルです」

心の中で思っているのと違って、俺はいつも通り年相応な口調でカールに返事した。

「はい、よろしくお願いします、マテオくん」

カールはそう言い、黒板にカッカッと、チョークで文字を書いた。

「今日はまず、魔法の前の、魔力についての総論を話したいと思います」

「総論、ですか?」

「はい。まず、魔力は二種類あります。呼び名は様々ありますが、もっともポピュラーなのは白の魔力と黒の魔力という分類です」

「ふむふむ」

俺は興味津々《しんしん》と頷《うなず》いた。

いよいよ魔法の話になって、俺はカールが教えてくれることを一つも聞き漏《も》らさないぞっていう感じで聞き入った。

「基本、人間の体内にあるのは黒の魔力のみです」

「モンスターが白の魔力を持っているのですか?」

俺は手をあげつつ質問した。

「いい質問ですね。でも残念、モンスターは白と黒、両方を持っています」

「そうなんだ」

それは意外。

白と黒という分け方だから、てっきり人間とモンスターが相反するものを持っているんだと思ってた。

「ここからが重要です、いわゆる魔法と呼ばれるものは、白と黒の魔力、両方を使わないと発動できません。二つの魔力に関する詳しい話は総論が終わった後になりますが、二つを練《ね》り上げて、世界の『普通』を変える現象を引き起こします。それが魔法です」

カールはそう言って、両手を胸のあたりで合わせて、何かを包み込むような形を作った。

両手から違う光が灯って、手の間に小さな氷ができた。

「なるほど……あれ？　でも人間は黒の魔力しかないって今カール先生いわなかった？」

「いいですね、ちゃんと話を聞いてたようです。そう、人間は黒の魔力しか持っていません。こういうどっちか片方しか持っていないのを『ストレート』、両方もっているのは『クロス』っていいます。ああ、これは総論が終わった後にもっと詳しく説明しますので、今は覚えなくて結構」

カールはゴホンと一度咳払《せきばら》いしてから。

「魔法を使うというのは、疑似《ぎじ》的にクロスにするということです。黒の魔力を一部白の魔力に体の中で変えてから、二つを混ぜて魔法を使うのです」

「なるほど」

そういうことだったのか。

「だから、人間はモンスターに比べて、使える魔法が弱かったりするんだね」

俺は何かの本で読んだ――というより前の人生から体感的に知っていることを口にした。

「その通りです！　素晴らしいですよマテオくん。そういう推論する考え方、これからもずっと忘れないようにしてください」

カールが満面の笑みで俺を褒《ほ》めた。

出来のいい生徒を見つけてご満悦《まんえつ》って顔だ。

「そう、モンスターは最初からクロス、魔力変換する必要がないから、おのずと魔法が使いやすく、難しい魔法も使えるのです」

「……ってことは」

俺はあることを思いだして、両手を突き出し、さっきのカールと同じようにした。

手の平をお椀《わん》型にして、両手を向き合わせて球状にする。

その間に――氷。

魔力が光を放って、両手の間に一粒の氷ができた。

「なるほど、こういうことだったんだ」

「……」

「あれ？　どうしたのカール先生。ぼく、何か変なことをした」

「え？　い、いえ。魔法が使えたんですか？」

「ううん、今のが初めてだよ」

「じゃ、じゃあどうしてできるのですか？」

「エヴァに触れたときのことを思い出したんだ」

「みゅ？」

足元でずっと物静かに寝ていたエヴァが顔を上げた。

「そのドラゴンに触れたとき？」

「うん、エヴァに魔力を送ってたけど、なんか自分のと違うなあ、って思ってたんだ。今の話を聞いて、ああそれがクロスで、白と黒だったんだ、って思い出して。だったらエヴァみたいにやれば、って」

「……」

カールは絶句し、目をみはった。

「そ、その程度のことでできるように……？　公爵様の度の過ぎた自慢ではなく、本当に天才……？」

と、信じられないって顔をしていた。

⑫ 基礎と応用

氷を出すことができた、たぶんこれは結構初歩的な魔法だろう。

規模が小さいし、何よりも氷の粒を出したというだけ。

じいさんに拾われてこの屋敷に住むようになってからはたくさんの本を読んできて、いろんな知識をつけてきた。

知識の中には「魔法を使った事例」も多くあって、魔法ってのはこんなもんじゃないっていうのが分かる。

俺はカールを見つめ直して、聞いた。

「ねえ先生、魔法ってどう使えばいいの？」

「え？」

「いろんな魔法を使ってみたいな。僕にも使えるんでしょ、これができるんだから」

「そ、そうだな」

カールは頷《うなず》き、驚き戸惑っていたのを取り繕《つくろ》った。

心なしか、言葉遣いをちょっとだけ「先生っぽく」した。

「では、少しだけやってみようか」

そう言いながら、一冊の本を取り出して、教壇《きょうだん》から下りて俺のところに来て、机の上に置いた。

「これは？」

「いくつかの魔法の魔術回路を書き記した物だ」

「魔術回路？」

「氷を出せたということは、体感で白と黒の魔力をこれくらいの割合と、これくらいの分量で、こういう風に混ぜたら氷を出せるようになる――ってのがもう分かるな」

「うん」

カールの言うとおりだ。

混ぜる、という言葉が一つのきっかけでもある。

喩《たと》えるのなら――パン作りだな。

これくらいの水と小麦粉の分量で、こういう風に混ぜて、こういう風に焼いたらこんなパンになる。

それと似ている話だ。

とはいえ、それを自分の中で納得するのはもったいない。

せっかく教師——質問に答えてくれる歩く本が目の前にあるんだ、ちゃんと答え合わせをしておこう。

「なんだかパン作りみたいだね」

「うん、いい発想だ。そういう風に言う人もいる。そう、その考え方ができるのなら、この本はレシピだと思えばいい」

カールは感心した様子でいい、本に軽く触れて俺を褒《ほ》めた。

答え合わせをして、俺の考え方が間違っていないことを確認して、本を開く。

開いた先のページは、何かの図だった。

二種類の線が混じり合った図面になっている。

「これは——」

「ふむふむ、こうかな」

俺は図面通りにやった。

二種類の線——それぞれを白の魔力と黒の魔力に見立てた。

体の中でまず黒の魔力を必要分の白の魔力に変換してから、二種類の魔力を図面通りに巡らせ、混ぜて、行使する。

すると、氷の時のように突き出した両手の間にパチパチと稲妻《いなずま》が走った。

「——な、なんと⁉」

「そっか、これ、雷の魔法か」

「よ、読めるのか？」

「うん、だって、こっちの実線が白の魔力で、破線が黒の魔力でしょ？」

「……」

あんぐり。

そういうタイトルをつけて額縁にいれて保存したくなるくらい、カールは見事にあんぐりして、言葉を失っていた。

「どうしたの？　なにかまずかったかな」

「い、いや。まずいことは何もない。ゴホン。その通り、この術式の通りに魔力を使えば、魔法が使えることになる」

「そっか。……ってことは魔法を使うには、この術式を覚えてなくちゃいけないんだね」

「そういうことだ」

カールははっきりと頷いた。

「慣れてくると体が勝手に覚えているものだ、文字だってそうだろう？　複雑に見えて、種類がたくさんあるように見えて、でも慣れてくれば何も考えずに書くことができる」

「文字と同じなんだ」

「これも一種の文字に見えないか？」

「……たしかに」

カールのいうとおりだった。

二種類の線で描かれている図は、絵というよりは一種の文字に見える。

「……」

文字。

文字、か……。

俺の頭の中にあるものが浮かび上がった。

カールのいう通り文字のようなものなら、それができるのかも知れない。

いや、パン作りと似ている、というところからも連想できたものだ。

ただ、「文字」のそれが、より身近で連想しやすかった。

「どうしたんだマテオくん」

「ちょっと待ってね先生」

俺は頭の中で考えをまとめた。

まとめた上で、開いている本に見えている図、白と黒の魔力の交わりを、それに合わせて
「崩した」。

崩したものを自分で再現。

白と黒の魔力を練《ね》って、放出。

するとーーできた！

真っ黒な、漆黒《しっこく》と呼ぶにふさわしい雷ができた。

「なっ！」

またまた驚愕《きょうがく》するカール。

「できた」

「こ、これは」

「この術式を『崩した』ものだよ」

「く、崩した？」

「うん！　ほら、文字だってちゃんと書くのと、崩したり簡略したりするのってあるよね。それを応用してみたんだけど、上手《うま》くいったね」

「文字を崩す……そんなの子供の発想じゃ……いや」

と、信じられないって顔をしていた。

今までも、似たようなことをしてきたからなあ。

やっぱり、エヴァのおかげだ。

魔力をそそいで全身をレッドドラゴンに戻すのと、それを「崩して」前脚だけ戻すの。

それをやっていたから、黒い稲妻は簡単に出せたんだ。

なんだがーー。

「魔法って、こんな使い方ができるのか……」

カールは今までで一番、愕然《がくぜん》としていたのだった。

⑬ 古代魔法を復活させる

「カカカ、くわーはっはっはっは」

　昼過ぎくらいにひょっこりやってきたじいさんは、午前中の授業で俺がやったことを聞いて、天を仰《あお》ぐほどの大爆笑をした。

　リビングの中、向き合って座る俺とじいさん。

　室内はじいさんの笑い声がこだましている。

「これは愉快、いや実に愉快じゃ」

「そうなの？」

「うむ。本だけを読んで頭でっかちの学者どもにありがちな勘違いじゃ。きゃつら、本に書かれていることを金科玉条《きんかぎょくじょう》のように奉《たてまつ》っては、疑うことをまったくせんからのう」

「そっか」

「普通の子供に教えるのなら、あの後術式の複写をさせていたであろうな。実際に書いた方が身につく、とかなんとかいって」

「そっか、文字という喩えを使ってたもんね」

「その通りじゃ」

「ふむふむ」

俺は納得した感じで頷《うなず》いた。

その流れはよく分かる。

文字という喩えを使った以上、書き取り練習をさせるのは当然といえば当然な流れじゃ。

「いやはや、しかし愉快痛快じゃった。それに……すごいのうマテオは」

じいさんは手を伸ばして、俺の頭を撫《な》でてきた。

「まぐれだよ、エヴァと接していたから」

「いや、そっちではない。もっと根本的なものじゃ」

「え？」

じいさんは、やけに優しい目で俺を見つめた。

「マテオも数百冊と本を読んできたじゃろう？　なのにきゃつのような、知識だけを蓄《たくわ》えた頭でっかちになっておらんのがすごいのじゃ。知識をちゃんと自分の知恵に変えている。こんなの、大人でもなかなかできないことじゃ」

「……まぐれだよ」

予想してなかったところを褒《ほ》められて、俺はちょっとだけ――本気で恥ずかしくなった。

でも、心地よかった。

じいさんの顔が孫を溺愛《できあい》するだけじゃなく、真顔で「普通に」褒めているものだっていうのが分かったからだ。

自分のやったこと、普通にできたことが「褒められる」というのは嬉しいものだ。

「マテオよ、一つ教えてやろう」

「え？」

「謙遜《けんそん》は美徳——それはのう、凡人までじゃ」

「おじい様？」

「過度の謙遜はむしろ嫌みじゃぞ」

「……そうなんだ」

そうかもしれない。

「それにのう、実力を持つ者はちゃんとそうであると振る舞わねばならん。それは義務じゃ」

「貴族の義務と似てるね」

「うむ、その通りじゃ。やっぱりマテオはすごいのじゃ」

じいさんは孫を溺愛する老人の顔に戻った。

「マテオなら、いつか古《いにしえ》の古代魔法も復活させられるかもしれんのじゃ」

「古代魔法？」

俺は首を傾《かし》げた。

初めて聞く言葉だ。

「聞いたことがないのも無理はない、今はもう失伝している、古代にあった超魔法の数々じゃ」

「そんなものがあるんだ」

「人類の歴史はそのくり返しじゃよ」

じいさんはニカッと笑った。

「誰かが何かを生み出す一方で、人々から忘れ去られて歴史に消えていくものもある」

「オリハルコンもそうだね」

「おお、よく知っているのじゃ」

「本で何回か読んだの」

「うむ、その通りじゃ。伝説の金属オリハルコン。あれも消えていった古代の産物じゃな。比較的安価で量産しやすいミスリル銀に押されて消えていったのじゃな」

なるほどね。

しかし古代魔法か。

いつか覚えられるといいな。

「ところで、マテオはいくつ魔法を覚えたのじゃ？」

「いくつって？」

「マテオのことじゃ、きゃつがいなくなった後も、自分で魔法を調べて、覚えたのじゃろう？」

「あはは、バレバレだね」

「カカカ、マテオの知的探究心はほんものじゃからのう」

じいさんはものすごく愉快そうに笑った。

それは……うん、謙遜するところじゃないな。

確かに俺は好奇心が強い。

知識が目の前にあると、それを取り込まずにはいられないって感じてしまう。

今日の魔法がまさにそれだ。

魔法は術式をもって、白と黒の魔力をない交ぜにして使う。

そして、エヴァから体感で感じ取った、「崩して」アレンジするということ。

それらを知ってから、色々とやりたくてうずうずして——実際にやった。

「実際のところどうなんじゃ？」

じいさんは身を乗り出して、興味津々《しんしん》って感じで聞いてきた。

「うんとね。五つ、くらいかな」

「ほう。どんなのじゃ？　見せてくれ」

じいさんは急《せ》かしてきた。

きっとこれを見た後も、ウォルフ侯爵に自慢してくるんだろうな、と思いつつ、俺は魔法を使っていった。

「まずは授業中に使った、氷の魔法」

「ふむふむ」

「その対極ともいえる、炎の魔法」

「おお！」

俺は説明しながら、次々と魔力を変換しつつ練《ね》って、放出して魔法を使っていく。

氷は小さな粒、炎はロウソク程度の小ささで、「とりあえず使える」という感じで、じいさんに使って見せた。

「次に稲妻《いなずま》——雷の魔法」

「素晴らしい」

「それから風の魔法」

「おお、手の平の中につむじ風」

「最後に回復の魔法」

「……うむ？」

「どうしたの？　おじい様」

「いま、なんと言った？」

「え？　回復の魔法だけど」

「回復魔法、じゃと？」

じいさんは眉《まゆ》をひそめた。

「うん、こんなの」

俺はエヴァから覚えた、魔法を使った。

手の平から温かい光が溢《あふ》れる。

「……本当に回復の魔法、なのか？　どうやって？」

「え？　エヴァに触れたとき、エヴァの中にそういう術式があったから……」

真剣な顔のじいさん。

「なんと……古代魔法をそのような形で復活させたのか？」

ぶつぶつと、何かをつぶやくじいさん。

俺、なんかやっちゃった？

14 命の恩人

「その回復魔法というのが、失われた古代魔法なのじゃ」

「ええっ⁉」

俺は驚いた。

「そうなの？」

「うむ。傷を癒《い》やして治す、その最果てには失われた命を取り戻し、よみがえらせる。今となっては神の御業《みわざ》、奇跡といわれていることじゃ」

「そういえば……本の中にそういうの書いてあるの読んだことないかも」

「そうじゃろ」

俺は自分の両手をじっと見つめた。

回復魔法自体、そんなに難しいものじゃなかった。

エヴァと触れて、その術式があると気づいて、使ってみたらできた。

それだけの話なんだが……。

「マテオよ、それはどれくらいまでの傷を癒やせるのじゃ?」

「え? ど、どうなんだろう。実際に試してみたことはないけど……」

「ふむ——誰か」

じいさんは使用人を呼んだ。

呼び方の声のトーンで、微妙に来る使用人が違う。具体的にはこの屋敷につめている使用人か、じいさん直属の使用人か。

今回は屋敷の使用人——一人のメイドが入ってきた。

「お呼びでございますか、大旦那様《おおだんなさま》」

「屋敷のなかで、誰か怪我《けが》をしている者はおらんか?」

「怪我でございますか?」

「どんな怪我でもよい、いたらここに呼んでくるのじゃ」

「かしこまりました、少々お待ちください」

じいさんの、普通に考えて変な命令だったけど、メイドはちょっと首を傾げただけで、従順に実行した。

部屋から出ていき、しばらくして別のメイドが戻ってきた。

メイドは腕に包帯を巻いている。

「それはどういう種類の怪我じゃ?」

「はい……料理をしている時に、包丁を落として、それが跳ね返って」

「ふむ、見せるのじゃ」

「は、はい」

メイドは戸惑いつつも、包帯をはずしていく。

最後のあたりは傷口にくっついてて、剝《は》がすときにちょっと眉をひそめた。

包帯の下から現れたのは、血は止まっているけどまだ塞《ふさ》がっていない傷だった。

いや、いま包帯をはずしたことで、ちょっとだけ血がにじみ始めている。

それを見て確認してから、じいさんは俺の方を向いた。

「どうじゃ、マテオ」

「分からないけど、やってみる」

「うむ」

じいさんが頷《うなず》き、俺は立ち上がった。

メイドに近づき、手をかざす。

目を閉じて、よりはっきりとイメージができるようにする。

思い出してイメージした術式にそって——今度は崩さないように基本的にやって、回復魔法を使う。

白い光が溢《あふ》れる、温かいそれはメイドの腕を包み込む。

「こ、これは……」

「おおお⁉」

メイドとじいさん、二人の驚嘆《きょうたん》の声が聞こえた。

魔法を使い終えてから、目を開ける俺。

すると——メイドの腕から傷が消えた。

「本当に治ったのじゃ」

「……」

じいさんは大いに興奮した。

一方で何も分からないメイドは、自分の怪我が一瞬で治ったことに、狐につままれたような顔をしていた。

「本当に古代魔法を復活させたのじゃ。すごい、すごいぞマテオ！」

「そ、そうかな」

「うむ！　回復魔法ともなれば、もはや偉人級の快挙といっても差し支えぬ」

じいさんはますます興奮した。

言ってることがどんどん大きくなって、正直こっちが苦笑いで冷静になっていくくらいだ。

「おっとこうしてはいられん。ウォルフのヤツに自慢してこなくては」

じいさんはぱっと立ち上がり、そのまま部屋から出ていった。

まるで風のような去り方だ。

じいさんらしい、といえばらしいな。

「あ、あの……」

「ん？」

残ったメイドがおずおずと声をかけてきた。

見ると、何か言いたげで、けど勇気が足りなくて言い出せない。

そんな顔をしている。

「どうしたの？　なにか言いたいことがあったら言ってみて」

主人である俺に後押しされて、メイドは思いきって切り出した。

「ご主人様は、魔法で……怪我を治せるんですか？」

「うん、どうやらそうみたいだね」

「じゃ、じゃ――」

メイドは、必死な形相《ぎょうそう》になっていた。

☆

ここは屋敷の隅っこ。

メイドたちが使う部屋をまとめて押し込んでいる一角。

その中の、寝るスペースくらいしかない、若いメイドが使う部屋に俺は連れてこられた。

その小さな部屋の中に、一人の少女が横たわっていた。

少女は包帯でぐるぐる巻きにされている。

「これは？」

俺は、ここまで連れてきたメイド——包丁の切り傷を治してあげた子に振り向いて、聞いた。

「アンナは、昨日うっかり熱した油をかぶってしまって……」

「ああ……」

それだけで話が分かった。

前後の事情は分からないが、それだけ分かれば色々十分だ。

「お医者様に診《み》てもらうお金もなくて、明日にはもう屋敷から出ていくようにって」

「ふむ」

俺は横たわっている少女を見た。

ぐるぐる巻きにされている包帯の面積を見るに、かなり広範囲にかぶったんだろう。

この様子じゃ、明日出ていく……というのも歩いて出るのか、それとも死体になって運び出されるのか分かったもんじゃない。

それくらいの大怪我だ。

なるほど、それで俺にすがったわけだ。

「ど、どうですか？　ご主人様」

「うん、ちょっとやってみるよ」

俺は少女に近づいた。

人が近づく気配を感じたのか、少女はうっすらと目を開けたが、意識があるかどうかも怪しい感じで目がぼうっとしている。

俺は目を閉じた。

さっきのよりも遙《はる》かに大きい怪我。

魔法もちゃんとかけないといけないと思った。

だから目を閉じて、より集中して、回復魔法を使った。

「あっ……」

背後からメイドの声が洩《も》れて、聞こえてきた。

それを気にせず魔法を続ける。

手の平から温かいものを感じる。

自分でも感じる、回復魔法の温かな光。

それを続ける。

延々と続ける。

魔法を変換して、練《ね》って、放出。

回復魔法をずっとかけ続けた。

それを――約三分。

「う、……ん」

「アンナ！」

メイドが驚いた声を上げる。

俺は目を開けた。

目の前の少女――アンナが目を開けていた。

大きくてくりっとしている目が俺を見て、まわりを見て、不思議がっている。

「私……？」

アンナは体を起こした。

普通に、すっと起こした。

「ああっ！」

背後のメイドがまた声を上げる。

「ア、アンナ、本当に治ったの⁉」

「治った？」

「どこか痛いところは？」

「え？　あれ？　私、あれ？」

徐々に記憶が戻り始めたのか、アンナは自分の手を、全身を見て言った。

「油をかぶって、あれ？　やけどは……」

「見せて！」

二人は包帯を剝《は》がしていく。

白い包帯に黄ばんだ体液がこびりついていたが、それを取った後に見えた肌は白く、綺麗《きれい》なものだった。

やけどが、治っていた。

「ありがとうございます‼」

メイドはパッと振り向き、俺に頭を下げた。

「ありがとうございます、ありがとうございます！」

「カティちゃんどうしたの？」

「ご主人様があなたのやけどを治してくれたのよ」

「ええっ⁉」

アンナは驚いた。

数秒後、彼女も俺に頭を下げた。

「あ、ありがとうございますご主人様」

「本当にありがとうございます！」

「ご主人様は一生の恩人です！」

二人は米つきバッタのように、次々と頭をさげた。

過度の謙遜《けんそん》は嫌みになる——というじいさんの言葉を思い出した。

命の恩人は言い過ぎじゃないと思ったから、俺は泰然とその感謝を受け止めたのだった。

15 ノブレスオブリージュ

朝、いつものように自分の寝室で目覚めた。

ベッドから下りると、待ってました、とばかりにメイドが二人すぅと入ってきて、俺の着替えを手伝ってくれた。

立ったまま、メイドたちに着替えをさせられる。

パジャマから日常着に着替えて、その間に寝癖《ねぐせ》も直されて、目やにも取ってもらった。

あれよあれよのうちに、俺は何もしなくても身支度《みじたく》が整っていく。

一通り終わった頃には、丁度《ちょうど》俺も眠気が抜けて、完全に覚醒《かくせい》した。

「ご苦労様」

「「はい‼」」

「ん？」

俺はメイドたちを振り向いた。

俺のねぎらいの言葉に返事をするメイドの二人。

なんだか、いつもと違う感じがした。

まっすぐと俺を見つめてくる二人、うん、やっぱりいつもと違う。

なんというか……俺を見ている、って感じだ。

「……朝ご飯はできてるかな」

「ご用意しております」

「うん、分かった」

俺は部屋を出て、いつものように食堂に向かった。

「んん？」

食堂に向かう道中も、なんだかおかしかった。

廊下《ろうか》ですれ違うメイドたち、決まってちらちら見てくる。

俺は立ち止まって、窓ガラスを鏡代わりにしながら、顔をべたべた触って確認する。

うん、やっぱり普通だ。

なにかついてたりとか、服が変だったりとか、顔が昨日と変わったりとか。

そういうのは一切ない。

でも、見られる。

見られている。

勘違いじゃない。

昨日までは、メイドたちが良くも悪くも「仕事」だった。

じいさんが俺の世話をするために選んだメイドたちだ。

仕事はちゃんとしてるけど、あくまで「公爵のお孫さん」として事務的に接してた。

それが、感情が入ってきた。

「どういうことなんだろう……」

不思議に思いつつ、ふたたび歩き出して、食堂に向かう。

結局、食堂に着いてもキッチンメイドたちは同じように仕事の傍《かたわ》ら俺を見つめてくるが、理由は分からずじまいだった。

☆

「カカカ、ウォルフのヤツ、眼をこんな風にして、しまいには『馬鹿な……馬鹿な……』と連呼しておったわ」

昼過ぎ。

リビングで訪ねてきたじいさんから、昨日早速行ってきた自慢の話を聞いた。

じいさんはいつものように大喜びでそれを俺に話した。

「悔《くや》しがってはなかったんだ」

「それすら突き抜けたのじゃよ、マテオの復活させた古代魔法というものは」

「でも、信じてくれたの？　自分で言うのもなんだけど、それくらいのことは実際に自分の目で見ないとなかなか信じられないものなんじゃないのかな」

「ヤツは一度マテオのことを見ておるし、わしらは互いの孫のことでは嘘はつかぬ」

「そっか、そうなんだ」

じいさんがさりげなく言ったそれ。

孫のことで嘘はつかない。

それはたぶん、二人が実行してて、そして相手を信頼していること。

素晴らしいことだなと思った。

自慢した話が終わって、今度は俺が、昨日じいさんが帰った後のことを話した。

「メイドが油をかぶって大やけどしてたから、古代魔法で治したんだ」

「おお、さすがマテオじゃ。うむ、マテオなら将来いい貴族になりそうじゃ」

「いい貴族？」

俺は小首を傾《かし》げた。

今の話、「いい人」っていうのなら問題なく分かるけど、「いい貴族」っていうのはちょっとどういうことなのか分からない。

「良き貴族というのはのう、自分が持つものを下々に施《ほどこ》し、分け与えてやることができる者のことを指すのじゃ」

「あ、ノブレス・オブリージュ」

「そうじゃ」

今まで言葉だけ知っていて、あまり実感はできてなかった言葉。

「自分が持つものを自分の享楽《きょうらく》だけに使うのは二流、その辺の成金と同じじゃ。じゃから、古代魔法を惜しげもなく使ってやれるマテオは、きっと良き貴族になれよう。わしが保証する」

じいさんは誇らしげに言った。

俺のしたことを、心の底から褒《ほ》めているって顔だ。

昨日は、あのまま放っておいたら死んでしまうかもしれないから、人として普通に助けただけだけど、なるほど、貴族として、か。

「ありがとうおじい様、勉強になったよ」

「うむ」

話の合間に、接客専門のパーラーメイドが入ってきた。

パーラーメイドは接客専門だから、メイドの中でもきれいめな子がなって、メイド服も見栄えのするちょっと違うものを着ている。

そのパーラーメイドの子が、俺とじいさんのお茶や茶菓子を補充した。

そして――やっぱりだ。

彼女は昨日までと違って、ただ仕事としてしてるんじゃなく、何かしらの感情――ポジティブな感情を俺に向けてきている。

「ねえ」

「はい、なんでしょうか？」

「今朝から僕のことをみんなでずっと見てるけど、何かあったの？」

「そんなの決まっているのじゃ」

「え？」

メイドではなく、じいさんが代わりに答えた。

「わしにも感じる、使用人たちからマテオに向けられる敬慕《けいぼ》の念。皆、マテオのことを尊敬し始めたのじゃ」

「そんな――」

「大旦那様《おおだんなさま》のおっしゃる通りでございます」

「え？」

否定しかけた俺。が、メイドがそれを肯定した。

「アンナのことは聞いてます。メイド一同感謝しております」

「あ、そうなんだ」

「マテオ様のような方に仕えられることを、皆心の底から喜んでおります。大旦那様に選んでいただいたことも、心底感謝しております」

「うむ、それが分かればわしが選んでやったかいもあったというものじゃ」

俺は眼をみはった。

ちょっとだけ予想外だった。

まさかその程度の理由だったとは。

大やけどしたアンナを治した。

それをメイドたち全員が感謝して、俺を見直してくれた——ってことか。

「これからもずっと、マテオ様にお仕えできれば、と皆言ってます」

「そうなんだ……ねえ、おじい様」

「なんじゃ？」

「ほしいものがあるんだ」

「おお！　マテオからおねだりとは珍しい。なんじゃ言ってみろ、マテオのためならなんだって手に入れてきてやるぞ」

じいさんは大興奮しながらそう言った。

俺への溺愛《できあい》っぷりからして、本当に「なんでも」手に入れてきそうなのが怖い。

だがまあ、俺がおねだりしようとしてるのはそんな大それたものじゃない。

「この屋敷にいるメイドたちを僕に頂戴《ちょうだい》」

「メイドたちじゃと?」

「うん、今はだって、みんなおじい様のメイドで、おじい様の命令で僕のお世話をしてるんでしょ。そうじゃなくて、僕のメイドにして、って意味だよ」

「……ほう」

じいさんから「興奮」が消えた。

代わりに同じくらいの「感心」が顔に浮かび上がった。

「なるほど、それを『与える』のじゃな」

「うん」

俺は頷《うなず》いた。

貴族って与えるものだって聞いたばかりだ。

そして、メイドたちは俺に仕えたがっている。

だったら、形だけでも、こうしてあげれば喜ぶんじゃないかって思った——。

「ありがとうございます‼」

パーラーメイドは跪《ひざまず》いて頭を下げた。

ものすごい勢いで、感謝の気持ちを、言葉で、全身で表した。

「一生涯《いっしょうがい》! ご主人様に尽くします!」

「どうかな？　おじい様」

「マテオが良き貴族になるためのことを、わしが止める理由などどこにある」

じいさんは自分の使用人を呼んだ。

羊皮紙《ようひし》とペンをその場で用意して、さらさらと何かを書いて、最後に署名した。

そして、それを俺に渡す。

「ほれ、これでこの屋敷のメイドは全員マテオの持ちものじゃ」

「ありがとうございます‼」

「みんなに知らせてきて」

「はい‼」

パーラーメイドはリビングから飛び出していく。

ほとんどすぐに、大勢のメイドが押しかけてきた。

リビングには入ってこなくて、ドアを開けっぱなしで、廊下《ろうか》にびっしりつめかけた。

「「ありがとうございます！　ご主人様‼」」

みんな、心の底から、感謝の気持ちを口にして。

「カカカ、また一つ、ヤツを悔《くや》しがらせるネタができたわい」

じいさんも、いつものように上機嫌で大笑いしたのだった。

16 主役強奪

夜、馬車から降りた俺は、離れた街にある本家の屋敷に来ていた。

夜になったというのに、屋敷の内外は人であふれていて、ものすごく賑《にぎ》わっている。

男も女も正装していて、これから開かれる催《もよお》しがいかに正式なものであるのかを物語っている。

「お足元お気をつけ下さい、ご主人様」

前入りして、俺を出迎えるメイドがそう言って、俺の手を引いた。

子供の体だと馬車から降りるのも普通は一苦労だから、俺を案じてくれた格好だ。

「ありがとう」

「なんだ、マテオかよ」

俺がメイドにお礼を言った直後に、野放図なイメージのする声が聞こえてきた。

振り向くと、そこに一人の青年が立っていた。

マルチン・ロックウェル。

じいさんの血を引く、正真正銘《しょうしんしょうめい》のじいさんの孫だ。

そのマルチンが、今日で二十歳《はたち》を迎える。

そのための誕生日のパーティーが開かれた。

この人だかりは、公爵家の嫡男《ちゃくなん》が二十歳になることを祝う者たちだ。

俺もその一人だから、マルチンに向き直って、正式に頭を下げた。

「本日はお招き頂き、ありがとうございます」

「ふん、今日は大人しくしてろよ」

「え？」

「普段からじいさんに可愛《かわい》がられてるからって調子にのるなよ。今日は俺が主役だからな。いいな」

「うん、わかってるよ」

そんなこと言われなくても分かってるけど。

というか、誰もそうじゃないって思わないって。

公爵家の嫡男の、二十歳の誕生日だぞ。

だれがどう考えても今日の主役はマルチン以外あり得ない。

なのにわざわざ絡むような口調で言い放ってくるなんて……なんか気にくわないことでもあったんだろうか。

マルチンは捨て台詞《ぜりふ》のように鼻を鳴らして立ち去った。

俺は改めて、まわりを見た。

そこそこに注目を集めているのが分かった。

「なんでこんなところに幼い子供が？」

「あれよ、公爵様の秘蔵《ひぞ》っ子《こ》」

「ああっ、例の！」

俺を見て、ひそひそと——聞こえてるけどひそひそと話してる人たちの言葉を拾っていくと、すぐに理由がわかった。

俺くらいの歳《とし》の子が珍しくて注目を集める。そして事情を知ってる人間が教える。

そのサイクルで、俺の正体が爆発的に広まった。

「おお、もう来ていたのかマテオ」

それのダメ押しになったのが、同じく正装しているじいさんだった。

じいさんが通る道は自動的に人がよけて、そうやって開いた道を通ってこっちに向かってきたから、俺はますます注目を集めてしまった。

もう注目されないのは無理と、俺は開き直って、いつものように振る舞った。

「おじい様。今日はお招きいただき、ありがとうございます」

俺は丁寧《ていねい》に、しかし子供っぽく。

いつもよりさらにちょっと、大人びた子供を演じてそう言った。

「うむ、マテオも今日で社交界デビューじゃな」

「うん。初めてだからどうしたらいいのか……」

これは本音だ。

今までこんな盛大なパーティーに出席をしたことはなかった。

本はたくさん読んできたので、ある程度の知識はあるけど、どうしていいのか分からない。

前の人生でもこんなことはなかった。

初めて足を踏み入れたフィールドに、俺は少なからずドキドキして、緊張していた。

「そうか、よし、ならばわしが色々教えよう。しばらくはわしのそばについてくるとよいのじゃ」

「いいの？　今日の主役のマルチン兄さんのところについてやらなくても」

「何を言う、あやつはもう大人じゃ、じじいがそばにおらなければ何もできない、なんてのは話にならんじゃろ」

それは……うん、まったくもってその通りだ。

自分の屋敷でパーティーを開いた二十歳のホスト。

初めてこういう場に出てきた六歳のゲスト。

同じ孫でも、この場合祖父がどっちのそばについてる方がいいか——と聞かれたら十人中十人が人情で後者だと答えるだろう。

だが——まわりはざわついた。

「公爵様がこっちを選んだ?」

「しっ! こっちとか言い方が失礼だぞ」

「まさか、跡目は……」

どうやらこういう場では、そういう人情は関係ないようだ。

じいさんが俺をエスコートする、って言い出した途端、まわりがものすごい勢いでざわつき、邪推し始めた。

既に何人かが、うずうずした表情でこっちの様子をうかがっている。

今か今かと、話しかけるチャンスをうかがっている。

マルチンではなく、俺に取り入ろうとしてる、なんてのが見え見えな感じだ。

俺はじいさんのエスコートで、屋敷の中に入った。

高位の貴族の屋敷には必ずある、パーティー用の大部屋に入った。

じいさん——公爵がついているから、沿道を移動中、ずっと注目を集めっぱなしだった。

「なんだ、来てたのかマテオくん」

「ウォルフ侯爵。お久しぶりです」

会場にウォルフ侯爵がいた。

俺は腰を折って、礼儀《れいぎ》正しく一礼した。

「ああ、久しぶり。今日はあの子はつれてこなかったのか？　レッドドラゴンの子供」

「エヴァはこういう場には相応《ふさわ》しくないと思ったから、置いてきました」

「そうかそうか。おおそうだ、今度うちにも遊びに来なさい。リンのことも紹介してやろう」

「はい、喜んで」

俺はウォルフ侯爵と挨拶《あいさつ》を交わした。

こうやって、初めて来る場所に顔見知りがいると、なんだかものすごくほっとする。

だから、前回と同じような感じで挨拶を交わしたのだが。

「ウォルフ侯爵ともお知り合い？」

「というか、孫娘を紹介する？　まさか！」

「ロックウェル家とウォルフ家がいよいよ一つになるのか？」

まわりは、さらに邪推して盛り上がった。

なんでそうなるんだ、と、俺が苦笑いしていたが、視界のすみでちらっと、あまり笑えない光景が目に入った。

マルチンが、嫉妬《しっと》の炎に燃えて、ものすごい目でこっちを睨《にら》んでいるのが見えた。

うーん、あっちゃー……だな。

17 自爆

俺は二人のじいさんに連れ回された。

公爵と侯爵の二人。

パーティーに参加した者たちは、次々と二人に挨拶に来た。

しかもかなり、恭《うやうや》しい感じで。

貴族とか、騎士とか、商人とか。

いろんな人がいたが、彼らには一つの共通点があった。

それは、まずじいさんたちに恭しく挨拶をしてから、わざとらしく俺に気づいて、俺のことを紹介してもらうように「お願い」した。

それでじいさんが俺のことを紹介すると。

「いやあ、利発そうな子だ」

とか。

「礼儀正しくて賢い子だ」

とか。

褒《ほ》めすぎない様に俺を褒めていた。

すると、それで気をよくしたじいさんが俺のことを自慢し始める。

「利発どころではないのじゃ、もう既にいくつもの魔法を覚え、さらには余人には使えぬ古代魔法まで扱えるのじゃ」

そんな風に、堂々と俺のことを自慢した。

「なんと、古代魔法ですか？」

「うむ。マテオや、今ここで見せてやることは出来るか？」

「うん、大丈夫だよ」

「よし。誰か、怪我《けが》をしている者はおらんか。出来ればわかりやすい外傷がよい」

じいさんはまわりを見回した。

みんながためらっていた。

そんなことを言われても、素直に「はい怪我してまーす」とは言えないって感じの顔だ。

そんな顔で互いの顔を見比べては、目をそらしている。

……ああ、そうか。

みんな空気を読んでるんだ。

何しろ「古代魔法」だ。

普通に考えて、それを六歳の子供が使えるわけがない。

じいさんの行きすぎた孫びいきだと思うのが普通。

そうなると、ここで名乗り出たら、じいさんが溺愛《できあい》している孫の嘘——とまではいかないにしても、実はダメだったということを暴くことになる。

公爵様の不興を買う、その矢面《やおもて》に立つなど出来ない。

って、ところだな。

そうなると、この場を収めるには、俺が子供として、空気を読めないわがままで話を逸《そ》らした方が一番すんなり収まる。

なら——。

「私、膝をすりむいてるけど、それでいいかな」

と、幼い女の子の声が聞こえた。

全員の視線が一斉に集まる。

今の俺と同じ六歳くらいの女の子、可愛《かわい》らしいドレスを着ている。

ドレスの生地とかアクセサリーとか、仕立てそのものから見て、結構な家柄の子のようだ。

それでも、子供だった。

俺よりも先に、天然の、子供の空気を読まない感じが炸裂《さくれつ》した。

「うむ、丁度《ちょうど》よいのじゃ」

じいさんが言うと、まわりの大半が「あっちゃー」って顔をした。

やっぱり、俺に失敗をさせたくないんだな。

さあ、こっちに来なさい。

子供相手だからか、じいさんは優しげな声で呼びかけた。

ドレスの女の子は近づいてきた。

「膝をすりむいたのじゃな、見せておくれ」

「うん」

女の子はスカートを摘《つ》まんで、持ち上げた。

フワフワのスカートを膝上まで上げると、確かに、右膝をすりむいていた。

真新しい傷は、かさぶたにもまだなっていなかった。

「うむ、やはり丁度よい。マテオや」

「うん、わかった」

話がここまでくると、俺が固辞する理由はどこにもなかった。

俺は女の子に近づき、しゃがんで膝の前に手をかざした。

ああ、もうちょっと手を離して、見えやすくした方が良いな。

まわりのみんなに見えやすくするように少し手を離した。

そして——回復魔法を使う。

魔力を体の中で変換、そして術式に添って発動。

手の平からあふれる癒《い》やしの光が、女の子の膝を照らす。

そして——傷が消える。

「わあ、治った。ありがとう！」

女の子は無邪気に、素直に俺にお礼を言った。

子供の反応はこの程度だった。

しかし——。

「な、なんだ今のは」

「傷が消えたぞ？　まさか……本当に古代魔法？」

「信じられない……」

知識のある大人連中は一斉に驚愕《きょうがく》した。

「うむ、よくやった。さすがマテオじゃ」

大人たちが驚けば驚くほど、俺を自慢したい病のじいさんはご満悦《まんえつ》になる。

「ふん、リンもいつかそれくらい出来るようになる」

ウォルフ侯爵が強がって張り合おうとしているのは、まあご愛敬《あいきょう》って感じだ。

皆の俺を見る目が変わった。

じいさんのオプションのついで、から。

もしかしてすごいかもしれない一個人、という風に、変わっていったのだった。

こうして、俺はじいさんの誘導のもとで、華々しいデビューをかざった。

☆

パーティー会場中が俺の話題で持ちきりになった頃、俺はマルチンに呼び出された。

屋敷の裏、会場の喧噪《けんそう》も遠く聞こえる林の前。

メイドを使って俺を呼び出したマルチンが待ち構えていた。

「えっと、どうかしたのマルチン兄さ――」

「お前、今すぐ帰れ」

マルチンはまるで、親の敵《かたき》を見るような目で俺を睨《にら》み、言い放った。

「えっと……」

いやまあ、そうなるよな。

元はといえば、今日はマルチンの誕生日のパーティーだ。

それを俺が話題を丸ごとかっさらっていった。

怒るのは……しょうがない。

「わかった、じゃあおじい様に一言挨拶《あいさつ》してから――」

「んなのいいから今すぐ帰れ！」

マルチンはつかつかと俺に近づき、手をつかんできた。

「痛ッ――」

二十歳の男と六歳の少年。

肉体的な差は歴然で、遠慮《えんりよ》なしにつかまれた手首はものすごく痛かった。

声を上げた俺は、同時に体が反応した。

――パチッ！

「いてええ！」

宵闇《よいやみ》の中、つかまれた手首の辺りから火花が飛び散った。

マルチンは声を上げて、つかんだ俺の手首を離した。

「あっ……」

つい、やってしまった。

危険を感じて、雷の魔法を無意識で使ってしまった。

それではじかれたマルチン、おそらくはしびれているであろう自分の手をつかんで、見つめて――ますます目が血走って、怒りを露わにした。

「こいつっ！」

そして手を振り上げて、俺に殴《なぐ》り掛かろうとした。

「やめぬか！」

「えっ！」

マルチンの手が止まった。

俺とマルチン、同時に声の方に振り向いた。

じいさんが、険しい顔で現れた。

「おじい様」

「じ、じいさん……これは違うんだ、こいつが――」

「一部始終見ておったのじゃ」

「なっ――」

「情けない、六歳児に嫉妬したあげく、手まであげるとは」

「うっ……」

「元から度量なしとは分かっておったが、そこまで小さい男だとは思わなかったのじゃ」

さっきのマルチンとは対極的な、じいさんの冷たい目。

失望、という額縁に飾ったらこれ以上ないくらい相応《ふさわ》しい、冷たい目。

「失望したのじゃ」

「……っ」

マルチンは、まるで死刑判決を言い渡された囚人のような、絶望的な表情になってしまうのだった。

18 伝説の始まり

あくる日。

俺は自分の屋敷の書庫で、本を読んでいた。

ここ最近、じいさんからさらに送られてきた新しい本だ。

元々ちょこちょこ送られていたのが、俺に魔法の才能があるって分かってから、以前にも増して大量に送られてくるようになった。

そのせいで読むのが追いつかないけど、すごくありがたいから片《かた》っ端《ぱし》から読んでいる。

「おお、ここにおったかマテオよ」

「おじい様」

本から顔を上げる。

じいさんが、いつものようにひょっこりとやってきた。

「本当に本が好きなのじゃなあ」

「うん。ありがとうおじい様、またたくさんご本を送ってくれて」

「なんのなんの。足りないことはないか？」

じいさんは目を細めて、俺の頭をなでなでした。

「ううん、大丈夫。むしろ読み切れないって、嬉しい悲鳴な感じだよ」

「そうかそうか。嬉しい悲鳴とは、やはりマテオは賢いのじゃ」

じいさんは大いに喜んだ。

そっか、普通の子供は〝嬉しい悲鳴〟なんて言葉は使わないか。

「それで、今は何を読んでおったのじゃ？」

「これ、『石中剣伝説《せきちゅうけんでんせつ》』だよ」

「ほう、なんじゃそれは」

「えっとね、石に突き刺さった伝説の剣があって、誰も抜けない剣だけど、後に英雄王と呼ばれる人間が抜いた、っていう話。すごく面白い」

「うむうむ、その心を忘れてはいかんぞ。わしなどは、それを聞いて『ありきたりな話じゃのう』と不覚にも思ったくらいじゃ」

「そうなんだ」

その感覚がむしろ新鮮だった。

まあ、俺が読んだ本の数がまだまだ少なくて、知識が少ないから、そう思わないってだけかもしれないけど。

「あれ？」

「どうした」

「ここ、落書きがある」

「どれどれ……むぅ」

　じいさんが顔をのぞき込んできて、眉《まゆ》をひそめてしまう。

「どうしたの？」

「いや、これはマルチンの筆跡じゃな」

「マルチン兄さんの？」

「せっかくの知識なのに取り入れようともせず落書きとはのう……まったく」

　じいさんはため息をついて、嘆《なげ》いた。

　こればかりは同感だ。

　知識というお宝が目の前にあるのに、それをスルーして落書きをするなんてどういう神経なんだろうな。

「まあ、マルチンのことなどどうでも良いのじゃ」

「そうだね」

「……そういえば」

「そういえば？」

何かを思い出したような感じのじいさん。

すこしの間、思案顔になって。

「よし、少し待つのじゃ、マテオ」

「え？　おじい様、どこに――行っちゃった」

老人らしからぬものすごい敏捷《びんしょう》性で、じいさんはあっという間に部屋からいなくなった。

少し待てって言われたから、俺は待った。

待っても帰ってこなかったから、本を読みながら待った。

その本を読み終えてもやっぱり帰ってこなかったから、次の本を手にしながら待った。

結局その日、じいさんは帰ってこなかった。

☆

じいさんが戻ってきたのは、次の日の朝だった。

朝ご飯を食べた後、さて今日は――ってなったところにじいさんが現れた。

「戻ったぞ、マテオ」

「おじい様!?　どうしたの？　昨日はずっと待ってたんだよ」

「すまんな、百年近く蔵に放り込みっぱなしじゃったから、探すのに苦労したのじゃ」

「探す？」

一体何を――って思っていたら、じいさんは手に持っているものを突き出してきた。

「それは……剣？」

じいさんが持ってきたのは、鞘に入ったままの剣だった。

柄《つか》も鞘も、普通の剣とは違う、鞘《さや》に入ったままの剣だった。

「これって何？」

「うむ、まずは試してみるのじゃ。マテオや、何人かメイドを呼んでくれ」

「僕が？」

「うむ。この屋敷のメイドはもう全てマテオのものじゃ。わしが使役《しえき》するのは筋にあわぬ」

「あっ」

そういえばそうだった。

ちょっと前に、メイドたちのために、俺がじいさんにおねだりして、じいさんはそれに応えてくれたんだった。

「何人くらい？」

「うむ、三人も貸してくれたら状況が分かるようになるじゃろう」

「わかった――誰かいる？」

俺は手を叩いて声をあげた。

すると、メイドが一人すぐさまに、シュパッ、って感じで現れた。

「およびですか、ご主人様！」

現れたメイドは、わんこを連想させるような目で俺を見つめていた。

「うん、もう二人呼んで。それでおじい様の手伝いをして」

「わかりました！」

メイドはそう言い、一旦立ち去って、すぐに二人連れて三人組で戻ってきた。

戻ってくると、三人はじいさんの前に立った。

じいさんは最初の一人に、持ってきた剣を突き出した。

「これを抜いてみるのじゃ」

「かしこまりました」

メイドは剣を受け取って、鞘から抜こうとする。

「ぬぬぬぬ……ぷはぁ！　ご、ごめんなさい、抜けませんでした」

「うむ。では次はお前じゃ、やってみい」

今度は別のメイドを指名した。

そのメイドは剣を受け取って、思いっきり力を入れて引き抜こうとするが、まったく抜けない。

最後に残ったメイドにもやらせた。

けど、やっぱり抜けなかった。

まるで、みんなして瓶《びん》の蓋《ふた》にチャレンジしたはいいが、誰も開けられなかったような光景だ。

全員が終わった後、じいさんは剣を返してもらって、それから俺の方を向いた。

「というわけじゃ」

「というわけ?」

「うむ。マテオが昨日読んでいた本と同じ。選ばれし者にしか抜けぬ、という言い伝えのある剣じゃ」

「なるほど」

「さあ、マテオもやってみるのじゃ」

「僕が?」

「そうじゃ。そして、わしにこれが引き抜かれる瞬間を見せるのじゃ」

「う、うん」

そんなに都合良くいくわけがないと思ったけど、俺に期待をするのはもうじいさんの生きがいみたいなところがある。

俺はとりあえず受け取って、抜いてみる。

すると――チャキン!

剣は音を立てて、いともあっさりと抜けた。

「ええっ⁉」

俺は驚いた。

「まさか本当に？」

「おお、抜けたのじゃ！」

じいさんも驚き、そして喜んだ。

「すごい！」

「さすがご主人様！」

「あんなに硬かったのに！」

メイドたちも次々と俺を称《たた》えた。

さすがに予想外な出来事に俺は困惑した。

しかし、次の瞬間さらに困惑させられた。

「ああっ！」

なんと、剣の刃の部分が光り出した。

「なんと、どうしたのじゃ？」

「魔力……持ってかれてる……？」

体の異変を察する。

エヴァの時と似てる。

魔力が持ってかれてるんだ。

そして刃の部分の光がピークに達して——弾けた。

俺もじいさんも、メイドたちもみんな目をそらした。

やがて光が収まって、全員が視線を戻す——すると。

「ない」

刃の部分がなくなっていた。

柄が変わらず俺の手の中にあって、刃だけが綺麗《きれい》に消えていた。

「どういうことなの……」

「見せるのじゃ——むっ！」

手を伸ばしてきたじいさんが、急に手を引っ込めた。

「どうしたの？　おじい様」

「切れた」

「え？」

「刃に当たって、切れたのじゃ」

じいさんは手を突き出す。

本当だ、手の平に切り傷ができてて、その傷から赤い血がにじみ出ている。

「どういう……あっ！」

俺も手をかざすと、刃があるところでちょっと切れた。

「これって……」

俺は少し考えて、壁の方を向いた。

そして、柄だけになった剣をふる。

すると——壁が切れた！

「おおっ！」

声を上げるじいさん。

「どういうことじゃ？　マテオ」

「刃が消えたんじゃない、見えなくなっただけみたいなんだ」

「見えなくなっただけ？」

「うん、こんな風に」

俺はさらに二度三度剣を振った。

すると、刃がないのに、振った軌道に沿って壁に斬撃の跡がついた。

「おおっ、これはまさしく見えないだけじゃな」

察しの早いじいさんはそれだけで理解した。

「レッドドラゴンと似たような状況じゃな」

「たぶん、そう。それにちょっとだけ、形を変えられるっぽい」

しばらく持ったから分かるようになった、見えなくてもそこに存在する刀身の存在を。

そしてエヴァという前例が、変化という可能性を俺に告げてきた。

結果、見えない刀身は、見えないままだけど、確かに形が変わったと俺は感じた。

「そうかそうか。うむ、さすがマテオじゃ」

じいさんは大いに興奮した。

「見えない刃、そして形を自在に変えられる。さしずめ無形剣《むけいけん》、ってところじゃな」

ご満悦《まんえつ》なじいさんから、秀逸な名前をもらったのだった。

19 自慢の孫

その日のうちに、じいさんは再びレイフを呼びだした。

呼ばれてきたレイフは、急だったからか、前回のペットは連れてきてなくて、代わりにソファーの上で[redacted]ンコ座りをしていた。

俺とじいさん、そしてレイフの三人が屋敷のリビングで顔をつきあわせていた。

「で、今度は何?」

「うむ、あるものを見てほしいのじゃ。魔法工学の専門家であるレイフの意見が聞きたくてのう」

「そんなことで慌てて引っ張ってきたの?」

レイフはジト目でじいさんを見た。

「マテオのためじゃ、当然じゃろ」

「ごめんなさい、マートンさん。迷惑かけちゃったね」

「……ふう、スポンサーの意向は大事だからね。いいよ」

レイフはため息一つついて、意識を切り替えて、改めて、と聞いてきた。

「それで、何？」

「うむ。マテオや」

「うん、わかった」

俺は座っている横に置いてあった例の剣を手にとって、鞘《さや》から引き抜いた。

引き抜いた瞬間、魔力が吸われて、刃の部分から光が溢《あふ》れる。

その光が膨《ふく》らんで、刃が溶けて見えなくなった。

レイフをちらっと見る、無表情だ。

分かってないのか？　と思いつつ、無形剣《むけいけん》――じいさんがつけた名前の、透明の刃でソファーの前にあるテーブルを切った。

ズバッ、とテーブルの角が切りおとされた。

「と、いうわけじゃ」

一通り見せるものを見せた後、じいさんがレイフに言った。

「これはどういうものなのか、レイフなら知っておるじゃろうと思ってな」

「知ってるよ」

レイフはけろっと言った。

「知っておるのか……」

じいさんはなぜかちょっと落胆《らくたん》した。
なんでそこで落胆？
……ああ。
もしかして、「天才さえも知らなかったわしの孫すごい」っていうのを期待したのか？
いやいやまさか、そんな安直な――。
「知っているということは前例があるのか……しょんぼりじゃ」
――ってその通りなのかよ！
安直だと思ってたらそのままだった。
じいさん……ブレないな。
そのじいさんはすっかり肩を落として、しょんぼりとソファーに座りこんでしまった。
レイフはじいさんを見て小首を傾《かし》げている。
「なに、説明はいいの？」
「あっ、教えてくれると嬉しいな」
じいさんはもうそれどころじゃないっぽいから、俺がレイフに頼んだ。
いきなり無理矢理来てもらって、それで何もさせないというのじゃ二重に悪い。
俺だったらせめて求められてることはやっていきたいって思う。
だから聞いた。

「オーバードライブでしょ、それ」

「オーバードライブ?」

「そう、魔力の出力が大きすぎたとき、物体が原形を留めておけなくなる現象。ただの破壊と違うのは、使わなくなったら元の形に戻ること」

「確かに」

俺は頷《うなず》き、無形剣を鞘に収めた。

すると、収めた瞬間から、見えない刃が見える普通の刃に戻った。

「普通に解明されてる現象じゃったか……」

じいさんがまたぶつぶつ言ってる。

よっぽど期待してて、その分の落胆がひどいんだな。

「まあ、この天才を呼んだのは正解だったかな」

「どういうことなの? マートンさん」

「歴史上、オーバードライブを引き起こせたのは、聖魔戦争の時の天使連中だけだからね」

「せいませんそう? てんし?」

「最近のボンクラどもじゃ、そのことすらも知らないんじゃないの?」

レイフはあっけらかんとそう言って、メイドが入れた紅茶に、角砂糖をドバドバと入れて、それをかき混ぜて飲んだ。

意味があまりよく分からない――が。

キュピーン、って音が聞こえたような気がして、じいさんの目が見開かれた。

「それはつまり、人間では初めてだということか？」

「そう言ってるけど？」

レイフはやっぱりあっけらかんと、普通に言い放った。

「本当か⁉」

「だから、そう言ってるけど？」

じいさんに詰め寄られて、レイフはげんなりとした表情を浮かべた。

それでじいさんはまた元気になる。

「そうかそうか、人類初か！　うむ！　そうこなくては、さすがマテオじゃ！」

「あは、あははははは……」

乾いた笑みを浮かべるしかなかった。

分かりやすすぎるだろ、じいさん。

「ふはははは。しかし、そうなると、この剣もたいしたことないのじゃ」

「それは違うね」

「なに？」

「試しに普通の武器に今のをやってみなよ」

レイフがそう言った。

「ふむ？　よし、やってくれるか、マテオや」

「分かった」

どういうことなのか分からないけど、俺は頷いた。

そして、メイドを呼ぶ。

もう俺のメイドで、じいさんは「わきまえて」呼ばないから、俺が呼んだ。

やってきたパーラーメイドに向かって言った。

「屋敷に武器あった？　なかったら包丁とかでもいいけど」

「ロングソードでよろしかったですか？」

「うん、それを一本持ってきて」

「承知致しました」

メイドはそう言って一旦退がり、一分くらいでロングソードを持って戻ってきた。

「早いね、ありがとう」

「恐縮です」

俺に褒《ほ》められたメイドは、嬉しそうな顔をして退出した。

俺は受けとったロングソードを持って、レイフに向き直る。

「これで同じことをすればいいの？　マートンさん」

「ん」

「分かった――」

レイフに頷かれて、俺は同じようにして、ロングソードを引き抜いた。

「あれ？」

魔力を吸われた感じがしなかった。

「自分で吸わないだろ？　そっちが込めるの。量産品だろうから、それ」

「そっか」

なるほどそういうことか。

まあ、それはできるからいいけど。

エヴァで覚えたやり方で、同じように魔力をそそいだ。

すると、ロングソードが光りだす。

「あちっ！」

思わずそれを手放してしまった。

次の瞬間、ロングソード「だったもの」は地面に「こぼれ落ちた」。

「こ、これは……溶けておる」

驚愕《きようがく》するじいさんの言うとおり、ロングソードは溶けていた。

溶けて、灼熱《しやくねつ》した鉄のどろどろとした感じになって、地面にこぼれている。

「どういうことなのじゃ？　レイフ」

「はあ、まったく凡人は面倒臭《めんどうくさ》い」

レイフは大量の砂糖が入った――こっちもどろどろな紅茶を一気に飲み干して、言う。

「量産品じゃそもそも力にも耐えられないってこと。オーバードライブに耐えられるのは、それだけで名工級、伝説級なの」

「なるほど！」

じいさんは納得した。

そして、腕組みしてうんうん頷く。

「そうじゃな、そうこなくては」

「おじい様？」

「その辺のボンクラじゃマテオの力に耐えられもせん。うむ、素晴らしい！」

ああ、そういう。

じいさんが喜ぶ理由を、俺は納得した。

「よし、マテオのためにもっと様々なものを集めるのじゃ！」

そしてじいさんは宣言した。

新しい生きがいを見つけたじいさんは生き生きしてて。

俺はますます、溺愛《できあい》されそうだと予感したのだった。

20 運命の人

「…………」

俺は唖然《あぜん》としていた。

唖然としたまま、横を向く。

横で、じいさんが得意げな顔をして立っていた。

「どうじゃ、マテオのために作らせた学園は」

自慢するときの口調で、じいさんは言った。

「どうもこうも……」

俺は再び前を向いた。

目の前にある、屋敷の数倍はある、ものすごく豪華な校舎をみた。

「聞いてたのよりもすごいよ、おじい様」

「そうじゃろそうじゃろ」

じいさんは満足げに、なんとも「うんうん」と頷いた。

学園。

じいさんが俺のために作っていた学《まな》び舎《や》。

それが完成するまでは家庭教師が屋敷に通ってきていたけど、いよいよ、この日学園そのものが完成したのだ。

それでじいさんに連れられてきた――のはいいが、聞いてたものよりも豪華で、規模が大きくて俺は戸惑っていた。

「建設開始当初にくらべて、マテオが色々とすごいことをしたのじゃ。じゃから、小童《こわっぱ》に言って、金を倍ださせたのじゃ」

「倍ぃ!?」

俺は驚愕した。

小童というのは、じいさんが皇帝を呼ぶときに使う言葉だ。

つまり、じいさんは皇帝――つまり地上の最高権力者に言って、金を追加で二倍出させたということだ。

「将来的にマテオがまだまだすごいことをするじゃろう。今までと同じな。じゃから、何があっても対処できるように、学園を拡張できるように、まわりの土地も追加で買い増したのじゃ」

「土地も!?」

「規模は今の三倍じゃ」

「えええ⁉」

「むっ、足りぬか？　ならば先日のパーティーで、マテオの力をみた連中からも寄付を巻き上げるのじゃ」

「巻き上げるとか言わないで、おじい様！」

俺は突っ込んだ。

放っておくと、どんどんどんどんやばい話になっていきそうな気がする。

とりあえずじいさんを止めることにした。

「大丈夫じゃ、マテオのことがすごいと分かった連中にしか金を出させてやらん」

「えー」

なにそれ。

まるで金を出すのも一つの名誉みたいな言い方。

「マテオのすばらしさにも気づかぬボンクラに用はないのじゃ」

……「まるで」は要らなかったか。

じいさんは本気でそう思っているっぽいな。

さすが大貴族の大公爵。

孫への溺愛の仕方が桁外《けたはず》れだぜ……。

「このままここにいても仕方ないのじゃ。中も見ようか、マテオ」

「う、うん……そうだね」

作らせてしまったものはしょうがない。

俺はじいさんと一緒に、まずは校舎の中に入った。

中は、まるで宮殿のようなきらびやかさだ。

こんなにきらびやかな建物、初めて見た。

屋敷の数倍、いや数十倍はすごい。

「お、来てるのじゃ」

「え？　あっ」

廊下《ろうか》の先に誰かが立っていた。

じいさんの言葉からして、知りあいだろうか。

じいさんは近づいていった。

俺も一緒に近づいていった。

「来ておったのか」

「うむ？」

じいさんの声に反応して、その誰かが振り向いた。

瞬間――。

「綺麗《きれい》な人……」

俺は思わず感嘆《かんたん》した。

マテオとしての六年、そして前世での数十年。

それを合わせても、経験してきた人生の中で見た、一番綺麗な人だった。

ため息が出るほど美しくて、ついつい、見とれてしまった。

「え？」

その人は驚いた。

「何を言っておる、マテオ」

「え？」

「小童じゃぞ」

「ええ？」

驚いて、その人をみる。

皇帝？　ってことは、男!?

よく見たら、男の人？　だった。

顔は確かに端整で綺麗だが。

髪は短く、胸もない。

細身だが、すらっとしているズボンをはいている。

お、男？

俺はますます驚いて、ちょっと恥ずかしくなった。

俺……男に出会い頭《がしら》で見とれて、「綺麗」って言ってしまったのか？

「ご、ごめんなさい皇帝陛下。僕、失礼なことを」

「ふははは、よい。お前くらいの子になら言われて悪い気はしない。余《よ》のこの容姿も、父母より受け継いだ宝物だからな」

「はい……本当にごめんなさい……」

俺はもう一度謝った。

そしてちらっと皇帝を見た。

こうして見ても、男だと知っててもやっぱり綺麗に見えた。

不思議な人だ……。

「それよりロックウェル卿《きょう》、ハ、ハコはこれで良いのか？」

「とりあえずはよいのじゃ。そのうち足りなくなるかもしれんがな」

「足りなくなる？」

「マテオのすごさが広まれば、共に学びたいと言い出す者が殺到するじゃろうからのう」

「孫びいきがすぎるな。卿から色々聞いてはいるが、本当なのか？　それは」

「論より証拠じゃ。マテオや」

「え？　な、なにおじい様」

「まずはそうじゃな、無形剣《むけいけん》でも見せるのじゃ」

「あ、うん。わかった」

俺は頷《うなず》いた。

いうなれば、これはスポンサーへのアピールだ。

金を出してくれた人間にちゃんと見せる義務がある。

俺はそう思って、素直にじいさんの言葉に従って、剣を抜いた。

抜いた剣が光って、刃がオーバードライブで溶けて、形のない刃になった。

さすがに完成したばっかりの建物を切るわけにはいかないから、俺は髪の毛を一本抜いて、見えない刃の上に置いた。

すると、置いただけで髪の毛が真っ二つに切れた。

「ほう？」

皇帝は感心した様子で、手を伸ばした。

「あぶない！　すごく切れるから気をつけて」

「ならばこれでどうかな」

皇帝はそう言って、懐《ふところ》から何かを取り出した。

ペンよりも少し細い、おみくじのような黄金の棒だ。

それを使って、今し方髪の毛を切った部分、見えない刃に叩きつけた。

すると、黄金の棒も切れてしまった。

「たしかに、ここに刃が存在するようだな」

「はい」

「初めて見るが、すごいなこれは」

「オーバードライブ、っていうみたいです」

「歴史上でも、天使連中にしかできなかった芸当じゃ」

じいさんは胸を張って、俺のことを自慢した。

「調べた。確かに現象は一致する。これにも同じことはできるのじゃ?」

皇帝はそう言って、今度はティアラのようなものを取り出した。

「これは?　聖皇后のティアラ、国宝の一つだ」

「こ、国宝?」

「話を聞いて、オーバードライブに耐えられそうなものを持ってきたのだ。やってみてくれ」

「うんっと、はい」

俺は素直に頷いた。

皇帝の命令なら、逆らえない。

俺は国宝のティアラを受け取って、頭の上に載っけた。

そして、魔力を込める。

オーバードライブする。

すると、ティアラも光を放って、溶けた。

溶けて、俺の全身を包み込んだ。

光は――微妙に収まらなかった。

うっすらと、俺のまわりに残り続けた。

「ほう、これは面白い」

「すごいのじゃ、マテオ。まるでオーラを放っているように見えるのじゃ」

感心する皇帝、大興奮するじいさん。

「どれどれ……」

皇帝は手を伸ばして、透明のオーラっぽいのに触れようとした――が。

パチッ！

手が弾かれた。

「――ッ！」

「こ、皇帝陛下!?」

「いや、かまわぬ」

皇帝は手を押さえて、言った。

「見た目だけではなく、ちゃんと弾くようになっているのだな。まるで見えない鎧《よろい》だ」

「ふははは、それみたか。マテオはすごいと前から言うておったじゃろ」

じいさんは皇帝相手でもまったく萎縮《いしゅく》とか恐縮とかすることなく、いつもの調子で俺を自慢した。

「ああ、卿の言うことが今分かったよ。確かに彼――マテオは麒麟児《きりんじ》や天才の類《たぐい》だ」

「うむうむ」

「わが帝国の貴重な人材となろう」

「分かればよいのじゃ」

「予算をさらに上乗せしよう。明日にもやらせる」

「ふははははは、小童《こわっぱ》もみどころあるじゃないか。マテオの次くらいじゃがな」

じいさんは思いっきり喜んだ。

えっと……なんだか本人《俺》が置き去りにされて話が進んでるけど。

これって……俺を溺愛《できあい》する人が、また一人増えたってこと？

☆

夕暮れの中。

部屋の中で、地上の最高権力者が、服を脱いでいた。

布でつぶしていた胸が膨《ふく》らんで、カツラで隠していた長く綺麗《きれい》な髪が滝のようにこぼれ落ちる。

皇帝が、男装をといた。

最高権力者の皇帝が実は女だった、と知っているものはこの世で五指にもみたない。

皇帝はいつも、男として人前に出ていた。

だから――。

「綺麗なんて……初めて言われた」

――この日、皇帝は初めての体験をした。

今まで一度も言われたことのない、「綺麗」と初めて言われた。

しかも、そこには追従《ついしょう》やおもねりといったものはまったくない。

六歳の子供から、出会い頭に言われた、心からの言葉だ。

だからその言葉は、胸に染みこんだ。

「胸がドキドキする……なんだろう……この気持ち」

初めてだから、彼女には芽生《めば》えた気持ちが分からなかった。

分かっているのは――。

「マテオ……」

皇帝が、二重の意味で——二倍の意味で。
マテオを、この先溺愛していく、ということだけだった。

第二章　大地の守護者

21　皇帝まで俺を溺愛するわけがない

あくる日。

いつものように書庫で本をよんでいたら、メイドの一人がノックをして、入ってきた。

「おくつろぎのところ、すみません」

「どうかしたの?」

俺は本を置いて、メイドを見あげる。

服装からして、ハウスメイドの一人だ。

俺が本を読むのが何よりも好きなのは、メイドたちも分かってる。

そんな俺が書庫で本を読んでるときに来るなんて、よっぽどのことだと思った。

のだが、微妙にちがった。

「大旦那様《おおだんなさま》から書物が送られてきました。いかがいたしましょう」

「本?　そっか、ここに僕がいるからか」

メイドは無言で頭を下げた。

俺を呼びに来たのは何かがおきたからではなく、じいさんから新しい本が送られてきたからで、しかし搬入先の書庫は俺が使っている。

ちなみに、主が部屋を使っているときに清掃《せいそう》とか整理とかは普通はしない。

まあそれをやるとホコリが舞ったりバタバタしたりってなるから、当たり前のことなんだけど。

「どれくらいあるの？　案内して」

「承知致しました、こちらへどうぞ」

メイドは一揖《いちゆう》して、先に書庫から外に出た。

俺は少し遅れて外に出て、メイドの後についていった。

しばらくして、一階の玄関ロビーにやってくる。

そこには三箱ほどの本が積み上げられていた。

「すごいね、こんなにたくさん」

俺は素直に感嘆《かんたん》した。

本は高価な物だ。

一冊あるだけで一財産といわれるのに、当たり前の様に三箱――たぶん数十から百冊くらい一気に送ってきたじいさん。

相変わらず、すごくありがたいじいさん。

「うん、これくらいなら、とりあえず書庫の方に運んじゃって──」

「あっ、ご主人様」

玄関のドアがおもむろに開かれて、一人のメイドが入ってきた。

俺が玄関にいるとは思ってなかったって顔で、俺を見てびっくりしている。

パーラーメイドである彼女は、しかしすぐに落ち着きを取り戻して、行き届いた教育を感じさせる一礼をした。

「ご主人様にお客様でございます」

「お客様？　だれだろう、おじい様？」

俺は送られてきた三箱の本をちらっと見た。

このタイミングならじいさんかな？　と思ったけど違った。

「ウォルフ卿《きょう》ではない、余《よ》だ」

そう言って現れたのは──皇帝!?

「へ、陛下!?」

「陛下!?」

取り次いだパーラーメイドは、俺の言葉を聞いて驚愕《きょうがく》した。

びっくりして、血相を変えて皇帝に向かって両膝をつく。

「も、申し訳ありません！　陛下だとは知らずに大変失礼を……」

「よい、余がそうだとは名乗らなかったのだ、責はない」

「は、はい」

「……みんなはもう退がっていいよ」

皇帝に言われても恐縮したままのメイドたちにそう言う。

このままここに居続けさせるのはかわいそうだ。

メイドたちは俺に言われて、腰を低くしたまま退がっていった。

玄関ホールで、俺は皇帝と二人っきり向き直る。

「今日はどうしたの？　陛下」

「うむ、マテオに渡したいものがあってな――これだ」

そう言って皇帝が差し出してきたのは、帝国の紋章が入ったバックルだった。

差し出したバックルを受け取って、皇帝を見る。

「これは？」

「先日、聖皇后のティアラを回収したであろう？　あれは国宝だから致し方なかった。だから、あれと似たようなものを作らせた」

「似たようなもの……」

「同じ材質に同じ製法。オリハルコンとミスリル銀の複合素材に、配合も同じ割合で作らせた」

「オリハルコンに……ミスリル銀？」

なんだろう、それ。

「知らぬか、無理もない。幻の金属と呼ばれているものだ」

「幻の金属⁉」

なんかすごいものが出てきた。

「製法は不明でな、帝国の宝物庫に現存してある分しかないのだ」

「そ、そんなものを使ったんですか⁉」

「なあに、国宝よりはたいしたことはない。人間の感情と歴史を背負っておらぬものは所詮《しょせん》、大した価値にはならぬよ」

皇帝は平然とそう言った。

いやいや、そんなことはないだろ。

幻の金属。

製法は不明。

現存している分だけ。

どう考えても超希少で貴重なものじゃないか。

こんなの、受け取ったらまずいんじゃないのか？

「さあ、あの時のあれを見せてくれ」

「え？」

「オーバードライブ、これでもできるのか？」

「あっ……」

皇帝は期待の眼差《まなざ》しで俺を見た。

じいさんと似ている目だ。

じいさんと同じだったら、謙遜《けんそん》つまり遠慮《えんりょ》するよりは、それを使って何かができるところを見せた方が喜ばれる。

そう思って、俺は小さく頷《うなず》いた。

「分かった、ちょっと待って陛下」

俺は受け取ったバックルをベルトにつけた。

そして、魔力を込めて――オーバードライブ！

すると、魔力の光と共に、バックルが溶けた。

溶けて、俺の全身を包み込んだ。

「おおっ」

声をあげる皇帝、その理由はすぐに俺にも分かった。

聖皇后のティアラのときは、ほとんど透明にちかい、うっすらと見える程度のもの。

しかしこのバックルは、はっきりと見えるくらいの、半透明の黄金色になって、俺の体のまわりを包んでいた。

それが立ちこめ、俺の体の周辺で対流している。

まるで、俺の体からオーラが立ちこめているかのように。

「すばらしい、勇ましくいい。うむ、マテオに持ってきたかいがあった」

皇帝はそれを見て、ご満悦《まんえつ》そうな声をあげた。

それは俺もいっしょだった。

この見た目に、俺もテンションが上がる。

「ありがとう！　陛下」

「――ッ！」

皇帝は息を呑《の》んだ。

上半身をわずかにのけぞって、見開いた目で俺を凝視。

何かまずいことを――はっ。

「ご、ごめんなさい。興奮しすぎてすごい無礼を」

えっと、こういう時どうだったたっけ。

たしか、貴族の作法《さほう》は――。

「え？　あ、ああ、よい」

俺が膝をつこうとしたところ、皇帝が手をかざして、止めた。

「え？」

「そういうのは他の大人たちにやられて、あきあきしている。マテオまでそんなことをしなくてよい」

「え？　あ、うん……えっと……じゃあ、ありがとうございます、陛下」

大人がよくするヤツはあきあきだというから、俺は子供っぽく、マテオに転生してから良くするヤツをした。

すると、皇帝はまたしても驚いた。

どこからともなく、「キュン」という音も聞こえてくる。

なんだこりゃ。

「えっと、陛下？」

「う、うむ。それよりもこれはなんだ？」

なんとなく話を逸《そ》らされた気がする。

陛下は同じ玄関ホールにある、積み上げられたままの箱に目を向けて、聞いてきた。

「あっ、それはおじい様からの贈り物」

「贈り物？」

「いろんなご本だよ。僕がご本が好きなのを知ってるから、おじい様、いつもたくさんのご本を送ってくるんだ」

「そうなのか……嬉しいのか、それは」

「うん！」

俺は大きく頷いた。

本気で、ものすごく嬉しい。

俺は本が好きだ。

本は知識、知識は消えることのない財産だ。

だから本が送られてくると、ものすごく嬉しい。

「……余《よ》の贈り物よりも嬉しそう……」

「え？　陛下、今何を？」

「いやなんでもない」

皇帝は口元に手を当てて、思案顔をした。

「よし、余からも本を送ろう」

「え？」

「三箱あるな？　明日にも四箱届けさせよう」

「ええっ⁉」

「すぐに手配をさせよう。楽しみにしているといい、マテオ」

そう言って、皇帝はそのまま玄関から出ていった。

立ち去る皇帝の背中を見て、俺は言葉を失う。
なんで……じいさんと張り合ってるみたいなことになってるんだ？
皇帝まで、じいさんと同じように俺を溺愛《できあい》する……。
いやいや、そんなの、あり得ないよな。

22 お金と真心

「ご主人様、大旦那様《おおだんなさま》から招待状と手紙が届いております」

朝起きて、メイドに着替えをさせていると、別のメイドがやってきて、そんなことを言ってきた。

「招待状と手紙？　読んで」

俺は着替えさせられている最中。

手が空かないから、メイドに読むように指示した。

「招待状は来週の大旦那様の誕生日のパーティーのものです」

「あっ、もうそんな時期か」

俺はハッとして、思い出した。

「手紙ですが——読みあげます」

メイドはゴホン、と咳払《せきばら》いをしてから、自分の言葉じゃなくて代理で読みあげている、ということを示すために、普段とは違う口調で手紙を読みあげた。

『マテオへ。来週がわしの誕生日じゃ。マテオは社交界にデビューしたから、来週来てもよし。わしの誕生日パーティーには、地位が高いだけの面倒臭《めんどうくさ》い連中が多くやってくるから、来んでもよし。でも、来なくてもプレゼントだけは後日もらえると嬉しい。期待しておるのじゃ』

「との、ことです」

「おじい様らしい手紙だ」

およそ貴族らしくない文面だが、可愛《かわい》がってる孫に向けられた手紙ともなればこんなもんだ。

「誕生日か……うん、プレゼントはちゃんと用意しよう」

着替えがすんで、ハウスメイドが退がっていく中、俺は考える。

さて、何を贈ればいいのか。

俺は読んでもらったあと、手渡された手紙を眺めた。

地位が高いだけの面倒臭い連中、という一文が目に入った。

きっと、じいさんのところに届けられるプレゼントはすごいものばっかかなんだろうなあ。

皇帝を「あの小童《こわっぱ》」っていって、色々とわがままが通るほどの大公爵なんだ、じいさんは。

プレゼントの数も質もきっとすごい。

ってなると、こっちがいくら高いものを用意してもかなわないだろうな。

似顔絵でも描くか？

うーん、悪くないけど、いまいち微妙だ。

俺はいろいろ考えた。
考えながら、屋敷の中を歩いて回った。
何かヒントはないかと、屋敷の中とか、働いてるメイドとか、色々と見て回った。
ふと、廊下《ろうか》に飾られた花瓶《かびん》が目に入った。
花瓶の目立たないところに、制作者を示す印がある。
サインのようなものだ。
「これだ」
俺の頭の中に、あるアイデアが浮かびあがった。

☆

俺は屋敷の庭で、土をこねていた。
庭で掘り出した粘土に水を混ぜて、それをこねていく。
こねてこねて、いい感じになってきたところで、それを使ってコップを作る。
じいさんにプレゼントするコップだ。
粘土で作って、名前を入れて、かまどで焼いて、渡す。
今の俺は六歳の子供だ、じいさんの孫だ。

可愛がってる孫相手なら、変に高いものを用意するよりは、手作りのものを渡した方がきっと喜ばれる。

というか、そっちの方が俺も「気が済む」。

今の俺は、じいさんの孫だ。

この屋敷も、メイドたちも。

俺の名義で俺のものになっているけど、じいさんからもらったものだ。

そんな財産を使って、じいさんに何かをしても、今まで可愛がってもらった分の感謝の気持ちを伝えられたとは思えない。

だったらまだ、手作りの何かを渡した方が気が済む。

そうなると——。

「うーん、ダメだな。形が悪い。作り直し」

出来たものを見て、気に入らなかったから、つぶして粘土に戻して、また作り直した。

そうして俺は何度も作ってはつぶし、つぶしては作る、と。

それをくり返し続けた。

やっと気に入る形のコップができると、今度はそれを焼くことにした。

地面を掘って、簡単なかまどにする。

そこに薪《まき》をくべて、火をつける。

最後にできた粘土のコップに、早速燃えて出た木の灰をまぶしてから、投入して焼く。

これで……よし。

☆

当日、じいさんの屋敷。

先日のマルチンの誕生日よりも、数倍大きい屋敷で、数倍の客が訪れている。

公爵家の嫡男《ちゃくなん》と現当主の差が如実《にょじつ》にでた形だ。

これは……じいさんを見つけるだけで一苦労しそう。

「おまえ、来てたのか」

「え？　あ、マルチン兄さん」

声に振り向く。そこにいたのは正装をしているマルチンだった。

マルチンは最初、不機嫌そうな表情で俺を見下ろしたが。

「なんだ？　その手に持ってるのは」

「え？　うん、おじい様への誕生日プレゼント」

答えると、マルチンはなぜかにやっとした。

「へえ、じいさんに持ってきたのか。ほうほう」

俺が持ってる小さな箱。

手作りのコップが入った箱を見て、なぜかニヤニヤするマルチン。

「よし、じいさんのところにつれてってやろう」

「え？」

「直接手渡したいだろ？」

「うん、それはそう」

「だったら——ついてこい」

なんだか親切にされた。

先日のこと、もう気にしてないのかな。

うん、それならその方が助かる。

別にマルチンに思うところはない。

敵視されるよりは仲良くできた方がいいのは間違いない。

俺はマルチンについていった。

一直線に屋敷に入って、パーティールームが見える、すぐ外の廊下《ろうか》にやってくる。

すると——びっくりした。

まるで皇帝の謁見《えっけん》の間だ——というのが率直《そっちょく》な感想だ。

皇帝のことは知っているけど、謁見の間は行ったことないから、今のところ演劇で見たヤツだけど。

パーティールームはまるで謁見の間になっていた。

じいさんが玉座に座り、訪問客が次々と呼び出されて、プレゼントを献上する。

それをじいさんが「うむ」といって、それで終わり。

正直マルチンの誕生日パーティーみたいなのを想像してたから、その数ランク上のものを見せられてびっくりした。

「おい」

マルチンは呼び出し係を逆に呼び止めた。

「順番を入れ替えろ。次は俺、その次がマテオだ」

「何を言って——こ、これはマルチン様」

「いいな」

「は、はい、分かりました」

じいさんの孫だということが知られているようで、マルチンはそれで無理矢理横入りした。

ついでに俺の分まで。

なんだか恥ずかしくなったが、今更いいや、とも言えない空気。

俺たちは順番待ちしている、衆人環視《しゅうじんかんし》のなか、呼び出された。

まずはマルチンだ。

呼び出されたマルチンは、実はずっとついてきていた、たぶん彼の部下らしき男から布を被《かぶ》せた何かを受け取って、中に入った。

そして、じいさんに跪《ひざまず》く。

「ほう、マルチンか」

じいさんが言うと、部屋の内外がざわついた。

「あれが公爵様のお孫さんか」

「ふむ、キリッとしていい顔立ちだ」

「そうか？　軽薄な感じがして私はすかん」

いろんな声の中、マルチンは声を張り上げて、言う。

「誕生日おめでとう、じいさん。これが俺のプレゼントだ」

マルチンはそう言って、持っていたものの布をとった。

すると、額縁が現れた。

額縁は、点描のような、じいさんの肖像画が描かれている。

「ほう」

「真珠《しんじゅ》を、合計一〇〇〇個くらい使って書かせた」

「ふむ、よくやった」

じいさんは笑顔で頷《うなず》いた。

「すごいな」

「真珠で肖像画だって？」

「絵を描くほどの小ぶりな真珠にしてもよく集められたな」

「どこの真珠なんだろう？」

まわりがざわつく中、それがじいさんの耳にも入ったのか。

「マルチンよ、それはどこの真珠だ？」

「え？　そ、それは……」

マルチンは返答に窮《きゅう》して、目が泳いだ。

「なんじゃ、分からんのか」

「えっと……さ、最高級品を使いました」

「そうか。布の上に並べておるようじゃが、どうやって留めておるのじゃ」

「え？　それは……えっと、接着、剤？」

マルチンは慌てて自分が持ってきたプレゼントを見て、真珠に触って確認しつつ答える。

「……そうか。分かった。嬉しいぞ、マルチンよ」

じいさんはそう言った。

しかしそれは形式的なもので、なんなら棒読みだ、というのが俺にも分かる。

「自分が持ってきたものの詳細も把握《はあく》していないのか」

「ほら見ろ、だから俺は軽薄で頼りないって言ったんだ」

「詰めが甘いな」

まわりの者たちもそれを感じ取ったそうで、マルチンへの評価はさんざんだった。

そして、マルチンは渋い顔をして、退出した。

マルチンは渋い顔をして、退出した。

そして、俺の名前が呼ばれる。

緊張しつつ、謁見の間のようになっている部屋に入る。

「おお、今度はマテオか」

じいさんが俺の名前を呼ぶと、まわりはざわついた。

「あれがマテオ」

「公爵がいま可愛《かわい》がってる子か」

「利発そうでいいじゃないか」

様々な声の中、俺はじいさんに言った。

「お誕生日、おめでとうございます！　おじい様」

「うむうむ、よく来てくれたのじゃマテオ、わしは嬉しいぞ」

「僕も誕生日プレゼントを持ってきたけど、いいかな」

「おおっ！　なんじゃ、見せてくれ」

じいさんに言われて、俺は持ってきた箱から、手作りのコップを取り出した。

瞬間、部屋中がざわつく。

「なんだ？　あのいびつなものは」

「しっ、黙ってろ、今それを笑うのは得策じゃない」

一部が失笑し、一部がそれを止める感じだ。

「ほうほう、なんじゃ？　それは」

「僕が作ったコップだよ」

「マテオが？」

「うん、庭の隅っこに粘土を掘り出せたから。それを使って自分で作って、自分で焼いたの」

「焼いたのも自分でなのか⁉」

驚くじいさん。

「うん」

「見せるのじゃ」

じいさんがいうと、使用人の一人がやってきて、俺の手から受け取って、じいさんに手渡した。

「ふむふむ、良くできているのじゃ。おっ、わしの名前が刻まれているのじゃ」

「うん」

「そうかそうか。しかしこの感触は珍しいのう、手作りで焼くとこんな感触になるのかのう」

「それは釉薬《ゆうやく》が違うからだよ。木灰をつかった自然釉だから、ちょっと手触り良くないかもしれないけど」

「なんと！　釉薬の概念《がいねん》も知っておったか。しかもそれも手作りか」

「うん、今回は最初から最後まで自分で作ってみたんだ」

「おおおおおっ！」

じいさんは興奮した。

「うむ！　これは嬉しいぞ。ありがとうマテオ、マテオの気持ち、確かに届いたのじゃ。今日で一番嬉しいプレゼントじゃ」

じいさんがそう言うと、まわりから拍手喝采《はくしゆかつさい》がおきた。

「あれが受けるのか……」

「お孫さんだからさ、別枠《べつわく》だ」

「そうなると同じお孫さんでも……あっちはなあ」

大拍手で称賛される俺。

そんな俺を、マルチンは遠くから、憎しみ全開の目で睨《にら》みつけてくるのだった。

23 溺愛の基本は全肯定

朝、メイドたちに着替えをさせてもらいつつ、ハウスキーパーのリサ・フロムから朝の報告を受けていた。

ハウスキーパーというのはメイドの役職の一つで、その名の通り、家の全てを維持し仕切る――という意味を持つ、メイドたちの長《おさ》だ。

メイドたちをじいさんから譲渡《じょうと》されたことをきっかけに、一番経験豊富なリサをハウスキーパーに指命した。

ちなみにそれまでのハウスキーパーは、じいさんの使用人――いわば本家の人間が兼任していた。

そのリサが淀《よど》みなく報告をしていく。

「最後に、本日昼前に、皇帝陛下がお越しになるとの通達がございました」

「陛下が?」

ほとんどの報告は定例的なもので聞き流した俺だったが、それには反応した。

「はい」

「来るんだ……なんの用事なのかは連絡が来てる？」

「レッドドラゴンの真の姿を、一度直に確認したい、と」

「……ああ」

俺はなるほどと納得した。

エヴァのことだ。

レッドドラゴンは伝説だからな、気になるのも当然だろう。

「わかった、他に何か連絡とか、注意事項は」

「以上でございます」

「うん」

とりあえず、今日も一日が始まった。

☆

昼くらいになって、皇帝が街に入ったって連絡を受けたから、俺は屋敷を出て、屋敷と正門の間にある噴水のオブジェの前で出迎えをした。

しばらく待っていると、一台の馬車がまっすぐやってきた。

華美さとか控えめの、ちょっとした商人が使う程度の馬車だ。

公式的にじゃなくて、お忍び――か、「半」お忍び程度のものか。

あまり大っぴらにしたくないのかな？

そう思っていると、馬車は正門前にやってきて、使用人たちが柵作《さく》りの門を開き、馬車をまねきいれた。

「行くよ、エヴァ」

「みゅー」

俺はエヴァを連れて、馬車に向かっていった。

まるで愛犬の様に、従順についてくるエヴァ。

門を半分くぐったところで、馬車が止まった。

皇帝が降りてきた。

毎回会う度《たび》に思うことだが、やはり綺麗《きれい》だ。

パッと見て、「本当に男？」って思ってしまうくらい綺麗な人。

普通に男の格好をしててもこんなに綺麗なんだ。

女の格好をしたら、たぶん国が傾くレベルの美女になると思う。

そう思うと――ちょっと見とれてしまった。

「またあったな、マテオよ」

「う、うん。お久しぶりです、皇帝陛下」

「どうした、何を動揺《どうよう》している」

「ごめんなさい。やっぱり陛下、綺麗だなって思っちゃったから……」

俺は素直に答えた。

態度に出ちゃったからには、素直に答えなきゃならない。

欺君――皇帝を欺《あざむ》く、嘘をつくのはれっきとした罪で、最悪死刑にもなりうる。

まあもちろん、今のように心のなかで思ってることに、嘘ついてるかどうかなんて最終的には水掛け論だが、それでも正直に言うことにした。

すると――。

「……ふっ、構わん。マテオのような子供であれば、非公式の場でならいくら言ってもかまわんよ」

「ありがとうございます、陛下」

正直に言って良かった。

あらためてお墨《すみ》付きをもらった形だ。

俺が子供だというのがよかった。

六歳の子供に、たとえ男なのに綺麗って言っても怒る人はそうそういないもんな。

まあでも、これからはちゃんと自制しよう。

皇帝は今も、ちょっとだけ顔を赤くしている。

まったく何も感じないってわけでもなさそうだからな。

「そっちが例のレッドドラゴンの仔か」

一転、俺の足元でお座りしているエヴァに話が及んだ。

皇帝はエヴァをじっと見つめている。

「うん、そうだよ。名前はエヴァ――エヴァンジェリンってつけたの」

「エヴァンジェリン、かの竜王の名か。よく知っていたな」

「おじい様がくれたご本の中にエヴァンジェリンの物語があったから」

「なるほど。本当に本が好きなのだな」

「うん！」

俺は大きく頷《うなず》いた。

「余《よ》が送った本も読んでいるか？」

「もちろん！　いっぱい送ってくれてありがとう！」

「そうかそうか。うむ、読み終わったらまた言うといい。いくらでも送ってやろう」

「ありがとうございます！」

「さて――」

皇帝は再び、エヴァに視線を向けて。

「さっそく、見せてくれないか」

皇帝はその場に立ち止まったまま言った。

普通、皇帝みたいな賓客《ひんきゃく》がくると屋敷の中に案内してもてなすのが道理だけど、エヴァを元の巨大な姿に戻すから、このまま屋外にとどまった。

「うん。エヴァ、準備はいい？」

「みゅー」

エヴァは従順に一鳴きした。

俺はしゃがんで、エヴァにそっと触れる。

後は魔力をそそいで大きくする――。

「何をする！」

「止まれ！　ここをどこだと思っている！」

その時、水を差すような声が聞こえた。

起きたのは正門の方。

皇帝は振り向いた、俺もそっちを見た。

すると、一組の少年少女が、門番になにやら止められているのが見えた。

幼い方の少女は完全に羽交《はが》い締《じ》めにされていたが、少年は門番を振り切って、よろめきながらも全力でこっちにダッシュしてきた。

「退がって陛下！」

俺はとっさに皇帝の前に出た。

こんなことは今までになかった、もしかして皇帝が来ると知っての狼藉者《ろうぜきもの》――。

と、思って皇帝をかばったが、そうじゃなかった。

少年は駆け込んでくるなり、俺の前に滑り込むほどの勢いで土下座《どげざ》してきた。

皇帝は目にも入らずに、一直線に俺の方に向かってきた。

「マテオ様！　マテオ様ですよね！」

「やめろ！」

「無礼だぞ！　こっち来い！」

追いかけてきた門番は、土下座をする少年に後ろから組み付き、どこかに連れていこうとした。

「待って。話を聞くから、離してあげて」

忠実に職務を全《まっと》うしようとした門番たちは、俺の言葉を聞くと、一度互いの顔を見合わせてから、そろり、と少年から離れた。

改めて少年を観察した。

十二歳か、もうちょっといってるくらいだ。

服装は庶民《しょみん》そのもの。

取り立てて貧乏でもなければ、裕福というわけでもない。

ごくごく普通の庶民そのものって感じだ。

その少年は、土埃《つちぼこり》で服が汚れるのも構わずに、俺に土下座して、額を地面に叩きつけた。

「お願いします！　父ちゃんを、父ちゃんを助けて下さい！」

「お父さんを？　どういうことなの？」

「レイナ！」

少年は土下座したまま、振り向いて呼んだ。

すると、たぶん妹だろう――正門辺りで門番につかまれている少女が、その門番をふりほどいた。

そして、少し離れていたところに止めてあった手押し車を押してきた。

あまりにも重たいもので、ふらついて上手《うま》く押せなかったところに、少年がかけよっていき、協力して一緒に押してきた。

そして、俺の前に来ると――手押し車の上に一人の男が寝かされているのが分かった。

「これは……」

男は、年齢的にたぶん二人の父親だ。

包帯を巻かれて、その包帯から絶えず血と黄ばんだうみっぽいのが染み出ている。

「父ちゃんが、昨日仕事で山に入ったら、崖《がけ》から落ちてしまったんだ」

「崖から……」

なるほど、と思った。

男を改めて見た。

手足は折れているように見える、片目もたぶんつぶれている。

顔も思いっきり変形している。

虫の息で、普通に考えて、命が助かるかどうかも怪しい——というレベルだ。

「マテオ様なら、マテオ様なら助けられるって噂《うわさ》を聞いて！　お願いします、父ちゃんを助けて下さい」

「お願いします！」

兄妹そろって、俺に土下座した。

なるほど、そういうことか。

そんな噂どこから……じいさんかメイドからかな？

まあいい、そんなのは今追及することじゃない。

「分かった、やってみるよ」

俺はそう言って、手押し車に近づいた。

そして、手をかざして男に回復魔法をかける。

俺しか使えない古代魔法——回復魔法。

白と黒の魔力を織り交ぜて、術式に添って発動する。

癒《い》やしの光が手の平から放たれて、男を包む。

それが数分続いた。

それまで虫の息で、苦悶《くもん》していた男が、弱々しいながらも静かな寝息を立てはじめた。

「……よし」

魔法をかけ終わって、包帯をちょっとめくって傷口を確認。

そして、兄妹に振り向く。

「これでもう大丈夫だよ」

「本当ですか！」

「お父さん！　お父さん大丈夫⁉」

兄が俺を凝視し、妹が父親にすがりついた。

「う、ん……」

父親がゆっくりと目を開けた。

「ここ、は……」

「お父さん！」

「父ちゃん！」

目覚めた父親に、兄妹がうれし泣きしながらすがりついた。

しばらくそうしてから、先に我に返った兄が俺に向かって再び土下座し。

「ありがとうございます！　ありがとうございます！」

「ありがとうございます！」

妹も兄に倣《なら》った。

父親だけがまだ状況を理解できてないかのようにポカーンとしていた。

俺はそばにいる門番に言った。

「もう大丈夫だから、落ち着いたら帰してあげて」

「いいんですか、侵入してマテオ様に無礼を働いた罪は」

「そういうのはいいから」

そんなことにいちいち腹を立てても意味がない。

親が死ぬかもしれないって時だ、必死にもなる。

兄妹たちの件が一段落した、さて――あっ。

俺ははっとした。

思い出した。

振り向いて、皇帝を見た。

つい――やってしまった。

皇帝との約束をないがしろにして、こっちを優先しちゃった。

これはまずい！

「ごめんなさい陛下！　つい――」

「よい、気にはしてない」

「え？」

「そういうのはいいから、だろ？」

皇帝はふっと笑った。

俺が門番に言ったことを、そのまま俺にも言った。

「それよりも、マテオは偉いな」

「え？」

「この世で本当に大事なものがなんなのかを理解している感じだ。まったく賢い子だ」

陛下は俺を褒《ほ》めた。

この世で本当に大事なもの……？

はて、なんのことを言ってるんだろうか。

「この件で何かご褒美《ほうび》をあげないとな」

「ご褒美って、僕、陛下に何もしてないよ？　むしろ失礼だったくらいで」

「余《よ》は、賢くて偉いマテオに褒美をやりたいのだ。ウォルフ卿《きょう》に負けていられんしな」

「えっと……」

それは嬉しいけど、本当になんで、皇帝はじいさんと張り合ってるんだろう。

「何がいいだろうか……そうだ」

皇帝はポン、と手を叩いた。

表情的に、ものすごい妙案を思いついた、って顔だ。

「例の学園、皇帝領にしてしまおう」

「例の学園って……僕の？」

「そうだ」

皇帝は大きく頷《うなず》いた。

皇帝領って……どういうことだ？　それ。

「皇帝領……ですか？」

「うむ、天領《てんりょう》ともいう。そこでの出来事の、なにが罪になって罪にならないかは、皇帝たる余の一存になる」

「陛下の一存……」

「『どうでもいいこと』は、罪にならないということだ」

「あっ……」

そういうことか。

つまり、今みたいなことがあったら、遠慮《えんりょ》なくまたやれってことだ。

俺のやったことを全肯定した、という意味でもある。

もちろん、皇帝領なんて普通に名誉だから、二重にご褒美ってことになる。

よく考えれば——いやよく考えなくてもすごいことだ。

すごすぎて、絶句するほどだ。

「むっ、嬉しくなかったか？　やはりウォルフ卿くらいじゃないと子供の喜ぶことは分からないのか……？　金か、やっぱり子供でも金がいいのか？　金貨を一〇〇〇枚くらい持ってこさせるか？」

皇帝がトーンダウンして、なにかぶつぶつ言い出したが。

「ううん、うれしいよ！　ありがとう陛下！」

「そうか？　うむ、ならばよし」

俺が嬉しいといったのを聞いて、皇帝もまた、嬉しそうに笑うのだった。

24 竜の騎士

「――さて」

皇帝は改めて、って感じで切り出した。

「レッドドラゴンを見せてくれないか」

「あっ、そうだったね！」

俺はハッとして思い出した。

そうだった、そういう話だった。

皇帝が今日訪ねてきたのはそのためだ。

エヴァの真の姿、レッドドラゴンとしての姿を見るために来たんだ。

予定外の人助けが入って、すっかり後回しにしてた。

「じゃあ、今度こそ」

「うむ」

「エヴァ」

「みゅー」

俺はエヴァのそばで再びしゃがんで、手を触れる。

今度は邪魔が入ることなく、エヴァに変身するための魔力をそそぐ。

すると、エヴァは大きくなった。

大きくなって、真のレッドドラゴンの姿に戻った。

愛嬌《あいきょう》のある姿から、威厳のある姿になった。

「……おお」

数瞬、瞬きするのさえも忘れて、皇帝は驚嘆《きょうたん》した顔でエヴァを見あげた。

「これが……レッドドラゴンか」

「うん」

「噂に違わぬ威容。さすがというほかないな」

「かっこいいよね」

「うむ」

皇帝は深く頷いた。

そして俺を見る。

「これはマテオの魔力がそうさせていると聞いたが、そうなのか？」

「そうだよ。僕の魔力が続く限り、大きくなっていられる。普段は必要がないから元の姿で過ごしてるけど」

「そうか……強いのだな、きっと」

「強いかどうかはよく分からないけど」

街でチンピラを制圧したこともあるけど、あれはレッドドラゴンの力とはまったく関係なく、ただでかいってだけだった。

レッドドラゴンの姿で、まともに戦わせたことは一度もない。

必要もなかったし。

「一つ、他じゃできないことがあるんだ」

「ほう、それはなんだ？」

「いいかなエヴァ、ちょっと屈んで」

「ぐるるる……」

可愛《かわい》らしい鳴き声が低い唸《うな》り声に変わったが、従順なのはそのまま。

エヴァは俺に言われた通りに、身を屈んで姿勢を低くした。

俺はひょい、と背中に飛び乗った。

「陛下もどうぞ」

「うむ？　ああ」

俺が差し伸べた手をつかむ皇帝。

引っ張り上げようとしたが、子供の力じゃ上手《うま》くいかなかった。

俺が背中に乗せようとしていることを理解した皇帝が、ほとんど自力で上がってきた。

二人で背中に乗ると。

「じゃ、行くよ」

「行く？」

「エヴァ」

エヴァに号令をかけると、ドラゴンはそのまま羽ばたいて、大空に駆け上がった。

旋回しつつ上がっていくと、あっという間に雲のある高さまでやってきた。

「こ、これは……」

言葉を失う皇帝。

「こんな感じで、エヴァに乗せてもらって、空を飛べるんだ」

「空を飛べる……」

またちょっと、よく理解しきれてない、って顔で俺を見る皇帝。

案ずるよりなんとやら、って感じで俺はエヴァにさらに号令をかけた。

「エヴァ、あそこに見える山まで行って」

エヴァは応じて、遠くにうっすらと見えている山脈めがけて飛び出した。

「う、うわあ！」

皇帝は慌てて、俺にぎゅっとしがみついてきた。

「大丈夫だよ陛下、落ちることはないから」

「え?」

「僕が魔法を使ってるから、エヴァの背中から落ちることはないよ」

「魔法……」

そう、魔法。

エヴァの中にある術式の一つ。

最初に乗ったときはなんとなく使っていたけど、白の魔力と黒の魔力がある——という講義を受けてからは、それを普通に、意識して使えるようになった。

それはつまり、俺以外の人間でも、落とさないようにエヴァの背中に乗せることができるという意味でもある。

その魔法を皇帝にかけた。

高速で飛んでいるが、皇帝が背中から落ちることはない。

「だから、そんなにしがみつかなくても大丈夫だよ」

「えっ……あっ」

皇帝はハッとして、慌てて俺から離れた。

離れた直後にちらっと見えた顔は赤らんでて、ますます綺麗《きれい》に見えた。

が、言わない。

皇帝もそれに触れてほしくないだろう。

だから俺は見なかったことにした。

そのまま飛び続けて、数分。

エヴァはあっという間に、俺が指示した山の上空にたどりついた。

「ついたよ」

「すごいな……、この距離――」

皇帝は背後をみた。

出発した街は、もうすっかり小さくなってて、ぎりぎり見えるか見えないか、というくらいになっていた。

「――馬車なら、一時間以上は優にかかったろうに」

「空だと速いんだ。エヴァが速いってのもあるけど」

「ぐるるる……」

エヴァは低い唸り声を出した。

俺に褒《ほ》められて嬉しそうな感じだ。

「空、か」

「空には他に何もないからね、たまーに鳥がいたりするくらいで。何もないから、速いんだ」

「……ふむ。マテオよ、このまま長く飛び続けられることはできるのか？」

「え？　うん、僕の魔力が続けばだけど、たぶん、一時間くらいは飛び続けられると思うよ」

それがどうしたんだろう、と思いつつも聞かれたことを答えた。

「なら、足りるだろう。このまま帝都へ、余《よ》の宮殿まで運んでくれないか」

「陛下の？」

「そうだ、一つ用事を思い出したのでな」

「うん、わかった。でもどこなの？」

「指示をする、こっちの方角にまずはまっすぐ飛んでくれ」

「わかった。エヴァ、お願い」

エヴァは応じて、皇帝が指し示した方角めがけて飛び出した。

空の上だから、地形とか道筋とかまったく関係なく、一直線に飛んでいく。

三十分くらいで、大きな街が見えてきた。

街、というか――文字通りの都だ。

今までに見たどの街よりも雄大で、遠くからもきらびやかに見える。

「すごい……大きい。どれくらい人がいるんだろう」

「二〇〇万人程度だな」

「二〇〇万!?　すごいなあ……」

俺は素直に感心した。

さすが帝国の都、住民の数も圧倒的だな。

「あの、小さな丘の上に宮殿があるのが見えるか？」

「うん」

「宮殿の中央に、ドラゴンが降りられる庭があるからそこまで飛んでいってくれ」

「分かった」

皇帝の指示をエヴァに伝える。

都の上空に入りつつ、ゆっくりと下降して、指示された宮殿の中庭に降りる。

人が集まってきた。

武装した衛士《えいし》たちだ。

中庭に降り立った俺たちをぐるっと取り囲んだ。

しかし近づいてこない。

レッドドラゴンの姿に怯《おび》えて、遠巻きに見ているだけで、まったく近づいてこようとしない。

「気を付けてね」

「うむ」

そんな中、エヴァが身を屈めると、皇帝がひょいと飛び降りた。

俺もついでに飛び降りた。

「陛下⁉」

皇帝の姿が見えたからか、衛士の後ろから一人の老人が現れた。

「ヘルマンか、良いところにきた」

「これはどういうことですかな」

「説明は後だ」

皇帝はそう言い、老人――ヘルマンに耳打ちした。

「は、はあ……ということは、叙勲《じょくん》を？」

「うむ」

「……この子供にですか？」

「何か問題が？」

「いえ、分かりました。すぐに」

ヘルマンはそう言って、早足で一旦立ち去った。

取り囲んでいる衛士たちをかき分けて宮殿の中に入る。

しかしすぐに戻ってきた。

役人らしき男を二人従えて、その役人たちは布をかけられた何かを持っている。

「ご用意できました、陛下」

「うむ――マテオよ」

「うん」

「余の前に片膝をつくがよい」

「えっと、うん」

何が始まるんだろう。

片膝をつくってことは……悪いことじゃないのか。

貴族の作法は色々あるけど、大雑把《おおざっぱ》な分け方が一つある。

片膝をつくときは名誉、両膝をつくときは処罰だ。

例外もなくはないが、大抵はそうだ。

だから俺は、あまり考えないで、皇帝の前に片膝をついた。

やってきた役人は、持っているものにかけられた布を取っ払った。

そこには、宝石で装飾された剣があった。

皇帝はそれを受け取って、剣の腹――つまり平たい部分を、俺の肩に当ててきた。

「マテオ・ローレンス・ロックウェル」

「……はい」

皇帝は今までにない荘厳な空気を纏《まと》い、その口調で俺をフルネームで呼んだ。

俺はその空気に中《あ》てられ、真顔で返事した。

「そなたは、余のため、帝国のため。生涯《しょうがい》変わらぬ忠誠を誓うか」

「……はい、誓います」

皇帝の目が「お願い」しているように見えたから、俺は応じた。

「ならば、創造神が地上における代行者たる帝国皇帝の名において、そなたに騎士の位を与える。称号は――竜の騎士」

竜の騎士。

それを聞いた途端、まわりがざわついた。

集まってきた衛士たち、その衛士の後ろに隠れていた使用人たち。

彼ら彼女らはざわついた。

「あんな子供が騎士に?」

「いや見ただろ、竜に乗ってたの!」

「でも――」

ぐおおおおおお‼

エヴァが急に、天を仰《あお》いで咆哮《ほうこう》した。

衛士や使用人たちが、耳を押さえて悲鳴を上げた。

「エヴァ」

俺が静かにいうと、エヴァはぴたっ、と咆哮をやめた。

すると。

「ど、ドラゴンを手懐《てなず》けている？」

「だから竜の騎士」

「すごい……」

直前まであった異論の声が、全て消えてなくなった。

「竜の騎士マテオ・ローレンス・ロックウェルよ」

「はい」

皇帝に呼ばれて、俺は真顔で見つめ返した。

「そなたに空を授ける」

「空？」

「そうだ」

皇帝は静かに、しかしはっきりと頷いた。

「まだ誰のものでもない、誰の領地にもなっていない、空。そこを駆け回れるそなたに、帝国の空をすべて授けよう」

皇帝は地味に、ものすごいことを言った。

騎士が領地に、領地を持つことがあるのは知ってる。

その領地に、「空を」って言ってきた。

全部の空を、俺に。

エヴァとともに翔《か》ける俺だからなのかもしれないけど。
とんでもなく、ひいきされてるようにも思えたのだった。

25 そこに魔法のカードがあるじゃろ？

「話は聞かせてもらった、マテオはすごいのじゃ！」

次の日、書庫で本を読んでいると、いきなりじいさんが入ってきて、ものすごい興奮した様子で言い放った。

「どうしたの、おじい様？　いきなり」

「話は聞かせてもらったのじゃ！」

同じ台詞《せりふ》をリピートしながら、俺に迫るじいさん。

「マテオが騎士に叙勲されたようじゃな」

「あ、うん。そうだね」

俺は曖昧《あいまい》に頷《うなず》いた。

また実感がないのと、若干《じゃっかん》気恥ずかしいのも合わさって、生返事っぽくなってしまった。

「しかも領地に『空』をもらったというではないか。さすがじゃ、マテオ」

「昨日の今日なのに耳が早いんだね、おじい様」

「むろんじゃ、マテオのことなら一つたりとも聞き逃すわけがない――カカカ」

じいさんが愉快そうに笑った。

「おじい様？」

「マテオの資質を見抜き、それに相応《ふさわ》しいものを与えるとは。あの小童《こわっぱ》にも一つくらいは取り柄があったというわけじゃな」

「えー……」

それはちょっと言い過ぎなんじゃないかな、さすがに。

俺を騎士にしたのが「一つくらい取り柄があった」って言われると、本人つまり皇帝はもとより、その判断基準にされてる俺もちょっと恥ずかしくなってくる。

「なにはともあれ、これでマテオも領主級というわけじゃな」

「そういうことになるのかな」

俺は微苦笑した。

「領地が『空』だから、何も変わらないけどね」

人間が「空」を活用するのは不可能に近い。

人間は地上で生きる生き物だ。

領地に「空」をもらったからといって、何かが変わるわけではない――と俺は思った。

「領民はいないから、税金が取れるわけでもないからね」

その分、責任もたぶんないから、気楽でいいけど。

「うむ、さすがマテオじゃ。その驕《おご》らない聡明さが素晴らしい！」

相変わらずじいさんは、俺を全肯定した。

「しかし、それはそれで困る」

「え？　どういうことなの？」

「領主級の騎士であれば、貴族として様々な会合に顔を出すこともある。身に纏《まと》う服、乗っていく乗り物——はレッドドラゴンでよいからこれは問題ないな、そして従者の数。これら全てに金がかかる」

「そっか。それは困るね」

領主とはいっても、俺がもらったのは空なんだから、そこには何もない。

税金とか取れなくて、収入はないに等しい。

まさか空の住民、鳥とかから税金取れるわけでもないしな。

そしてじいさんが付き合いというのも理解できる。

ただの子供ならまったく分からなかったけど、俺の中身はれっきとした大人だ。

体は子供、頭脳は大人状態だ。

いい大人だからこそ分かる。

そういう「付き合い」は大事なんだと。

「よし、その辺はわしに任せるのじゃ」

「おじい様に？」

「支度金《したくきん》など、援助は惜しまぬぞ」

「ええ⁉　そ、そんな、悪いよ。おじい様」

「何を言う、祖父が孫にお小遣いを渡すのにいいも悪いもなかろう」

「それは……」

本当にお小遣いならまったく問題はないけど、じいさんの言う援助は絶対そうじゃないからな。

「まずは金貨一〇〇枚、夕刻までに届けさせよう」

そら来た！

いきなり家買えるくらいの額が飛んできた。

お小遣いの域を飛び越えた先でさらに三段ジャンプしたくらいの飛び越え方だ。

「かかか、長生きしたかいがあったわい。晩年に賢い孫を見守れるという、人生の全ての帳尻が合う趣味ができようとはな」

じいさんはものすごく嬉しそうだった。

人生の全ての帳尻が合う……。

なんか言い過ぎって気がするけど、そこまで嬉しがられると何も言えなくなってしまう。

「ありがとう、おじい様」

「うんうん、足りなくなったらいつでも言うのじゃぞ」

「う、うん。わかった」

たぶん言うことはないけど、俺は頷いた。

話が一段落したところで、ドアがノックされた。

応じると、パーラーメイドが入ってきた。

「ご歓談中のところすみません、ご主人様。陛下がお見えになられました」

「え？　うそ」

「ほう」

俺は慌てた。

昨日の今日で、また皇帝が来たのか。

「陛下はどこに？　案内して」

「その必要はない」

声とともに、皇帝が書庫に入ってきた。

相変わらず、気品の中に絶世の美貌《びぼう》が隠れているようなお人だ。

皇帝は部屋に入ってきて、じいさんを見つけた。

「ほう、来ていたのか。ウォルフ卿《きょう》よ」

「褒《ほ》めてやるぞ小童《こわっぱ》よ。遅きに失したとはいえ、マテオの資質をよくぞ理解した」

「それに関してはウォルフ卿にも責任の一端はあるのではないか」

「なんじゃと？」

「マテオが社交界――表に出たのはつい先日のことだ。秘蔵《ひぞ》っ子《こ》を秘匿《ひとく》したウォルフ卿に責任はないのか？　んん？」

「くっ！　た、確かに……」

じいさんは顔をゆがめた。

いや確かにじゃなくて。

なんでそんな超理論に言い負かされてるんだ、じいさん。

あっ。

気づいてしまった。

二人は、俺にはあまり理解できない理論で納得し合っている。

つまり二人は似ている、「同族」ってことだ。

じいさんと同じな、皇帝。

皇帝はじいさんと同じようにずっと俺を溺愛し続けるだろう――。

それに気づき、確信した瞬間だった。

いやいや、確信とはいっても、それはあくまで自分の中でのこと。

確信してても、それが客観的な事実から見れば「過信」とか「自意識過剰《かじょう》」だったとか、そういうこともありうる。

いくらなんでも皇帝までもが——と、思ったのだが。

「そうだ、マテオよ」

「え？　なあに陛下」

俺はあわてて、取り繕《つくろ》って返事をした。

「実はな、昨日からずっと大臣らとやり合っていたのだ」

「大臣たちと？」

「そうだ。連中ときたら、マテオに空を与えるのはやり過ぎだと言いだしてな」

「それは——」

その通りだと、俺も思う。

「むろん反論した。空は今まで誰のものでもない、誰も空を支配できないからだ。誰のものでもないものをマテオにくれてやって何が悪い、と反論したよ」

「うん」

それも一理ある。

「だれじゃ小童。それを言った連中は。名前を教えろ、政治的に叩きつぶすのじゃ」

「後でな」

いや後でもやめて。

そんなことしなくていいから。

じいさんをひとまず黙らせてから、皇帝はさらに続ける。

「するとな、切り口を変えてきたものがいたのだよ。歴史上、貧しすぎる領地を持つと、かえって財政問題で破綻《はたん》して不幸になった貴族もいた、とな」

「うん、いるよね。一番最近だとフンガー男爵かな」

「よく知っているな。さすがだ、マテオ」

「陛下に送ってもらったご本の中にあったから」

「おお！　読んでくれたのか！」

皇帝は大いに喜んだ。

「うむ。フンガー卿がまさにそうだった。領地をもらっていたのだが、あまりにも貧しすぎて、母親の葬式を出す金もなく、自分が死んだときの全財産が銀貨三枚だけだった」

そう書かれてたな、本にも。

貴族にあるまじき貧しさだ。

「その悲劇を繰り替えさないためにも、税収の見込めない領地を与えるのは良くない、再考しろ、と言われてな」

「そっか」

これは称号剝奪《はくだつ》の流れかな。

まあ、それでいいかもしれない。

正直、ちょっと荷が重いかもしれないって思ってたところだ。

――なの、だが。

「だからこれをマテオに渡しに来た」

「え？　これは？」

皇帝が差し出したのは、一枚の黒光りするカード。

子供の俺の、手の平に収まるくらいのサイズのカード。

カード遊びに使うカードとほぼ同じくらいのサイズのものだ。

カードの表面には帝国の旗の模様が描かれていて、うっすらとカード全体から魔力が感じられる。

「余《よ》のカード、『魔法のカード』だ」

「陛下の……カード？」

「貴族は金を持ち歩かないのを知っているな？」

「うん」

俺は深く頷《うなず》いた。

使用人に全部払わせるからだ。

「それと同じで、余も金を持ち歩かない。しかし金を使うときもある。従者がまわりにいないこともある」

「うん」

「その時はこれを使う。これを使えば、その場で契約が成立し、相手には魔法で作られた契約書が残る。その後契約書をもって、財務省なりに請求しに行くわけだ」

「えっと……つまり」

俺は少し考えた。

「魔法の小切手、みたいなもの？」

「その通りだ」

俺はもらった皇帝のカード、『魔法のカード』をまじまじと見た。

そういうシステム、こういう魔法があったのか。

魔法のカードは興味深いものだったが。

「どうしてこれを僕に見せたの？」

と、当たり前の疑問をぶつけた。

「それはマテオが使ってくれ」

「え？」

「税収がないのだから、国から補塡《ほてん》すればいい。そのためのカードだ」

「あ……」

そうだった、そういうことだった。

「限度額はない、いくらでも使っていいぞ」

皇帝はそう言った。

俺はもらったブラックのカード、魔法のカードをまじまじと見つめた。

限度額がなくていくらでも使っていいカード。

「くっ、負けたのじゃ！」

その横で、金貨一〇〇枚を先に出したじいさんが悔《くや》しがってーー

「ふふっ」

皇帝が何かを察したように得意げに笑った。

二人は、ものすごいハイレベルな規模で、低レベルな溺愛《できあい》を競い合っていた。

26 過去からの使者

学園が完成した。

じいさんが始めて、皇帝がさらに人員と金を追加して。

そうして急ピッチで進められた「俺のための学園」がいよいよ完成した。

今日はその開校式だ。

朝日が昇りきったくらいの頃、俺は学園に到着した。

馬車を降りると……ちょっと驚いた。

「すごいことになってる……」

そこは、まるで感謝祭か収穫祭か、そういう年に一度のお祭り騒ぎレベルになっていた。

人出が多く、学園敷地の内外を賑《にぎ》わせている。

俺と一緒に来て、同時に馬車から降りたエヴァは目を輝かせている。

「賑やかなのが好きなの？」

「みゅみゅっ！」

エヴァはそう言って、小さくジャンプした。

マスコットのような見た目に、その振る舞い。

男の俺から見ても可愛《かわい》らしい姿だ。


「お待ちしておりました、マテオ様」

俺のところに、一人の青年がやってきた。

声をかけて、丁寧《ていねい》に腰を折って頭を下げてくる。

「おじさんはだれ？」

「おじ――」

青年は言葉につまった。

あー……悪いことしたかも。

昔の俺から見れば若造くらいの青年だが、今の俺――六歳のマテオから見れば完全におじさんの域だ。

最近は徐々に「六歳のマテオ」になれてきたから、ついつい当たり前の様に「おじさん」と呼んだ。

その青年はショックからさっと立ち直って、「ごほん」と咳払《せきばら》いしてから。

「私の名前はヨティ・アーヴェイ。本日のマテオ様の案内役を、陛下より仰《おお》せつかりました」

「アーヴェイさんだね。よろしく」

「はい、よろしくお願いいたします」

「陛下から言われたって言ったけど、陛下は来ないの？」

「いいえ、陛下は既に学園内におります」

「そうなの？」

これにはちょっと驚いた。

来ないから代理をよこしたのかな、と思ったけどそうじゃなかった。

ここ最近、じいさんと俺を溺愛することを張り合っていた皇帝なら、来てるんなら直接俺に会いに来るものだと思っていたんだが……。

「なにかあったの？　陛下」

「さすがでございます」

ヨティは小さく頭を下げて、さらに続ける。

「陛下は現在、儀式の準備の最中で、すぐに会いには行けない、とのことです」

「儀式？」

って、なんだ？

「開校のための儀式です。帝国の守護精霊に祈りを捧げて、加護を授けていただくとのことです」

「帝国の守護精霊……あっ、オノドリムのこと？」

「さすがマテオ様。博識さには頭が下がります。私は初めてその名前を耳にしたのですが……」

ヨティは感心した。

オノドリム。

それは帝国の建国神話に出てくる、大地の精霊のことだ。

神話だから本ごとに詳細な内容は違うけど、概《おおむ》ね「最初の皇帝に」「加護を授けて」「子孫を見守ってる」って感じで書かれている。

なるほど、その儀式か。

まあ、儀式は大事だからな。

たぶん……というか間違いなく。

皇帝は儀式をやることで、俺を溺愛してることを内外にアピールするつもりなんだろう。

「分かった。それなら邪魔をしちゃいけないね。僕はどこに行けばいいの？」

「まずは校舎の中、学園長室で公爵様がお待ちですので、そちらへ」

「うん、案内お願い」

「はっ」

ヨティはもう一度丁寧《ていねい》に頭を下げてから、俺を案内しだした。

俺が転生した後、じいさんに拾われて貴族の孫になってからされるようになったことの一つで、「後ろからついてきて案内する」ということがある。

普通、案内といえば先頭を歩くものだけど、貴族にする時って、前を歩くと失礼にあたるから、斜め後ろの一歩後ろからついてくる形で案内する。

ヨティは俺にそうした。

すると、道中はものすごく注目された。

「見て！　あれってもしかして」

「ああ。あの案内人の感じ、間違いなくマテオ様だ」

「竜の騎士ね。竜って足元のあのちっこいの？」

「ばか、もっと立派な竜だ。俺はこの目で見たんだから間違いない」

注目を集めて、話題の的《まと》となった。

俺は遠巻きにいろいろ言ってくる者たちをぐるっと見回して。

「生徒たちはいないのかな？」

そういうと、ヨティが答えた。

「マテオ様のご学友たちは、開校兼入学式のために、建物内で待機しております」

「あっ、なるほど」

ってことはここにいるのは父兄とか関係者とか、招待客とかそういうのばっかかってことだ。

なんとなく納得しつつ、ヨティに案内されて校舎に入った。

校舎の中はさすがに人の数は落ち着いたもので、スムーズに学園長室にやってこられた。

ヨティがノックして、俺は中に入る。

ヨティは部屋の外に残った。

「おお。来たか、マテオ」

「おじい様」

座っているじいさんが立ち上がって、両手を広げて俺を歓迎した。

「うむ！　その姿も似合っているのじゃ」

「そうかな」

俺は自分を見た。

今日は開校式だからってことで、普段よりもかなり正式な格好で来た。

貴族としての正装だ。

正直、俺自身からすれば、おめかしした子供、くらいにしか見えないが。

「うむ、勇ましくて凛々《りり》しいのじゃ。その姿を見ればマテオに虜《とりこ》になるものがまた増えるのじゃ」

「あはは……」

これ以上増えるのか、それはちょっと考えさせてくれ。

皇帝とじいさんの二人だけでもう、その張り合いにハラハラするんだから、あまり増えてくれるのはいかがなものかもしれない。

「そうじゃ、マテオや。わしはいいことを思いついたんじゃが」

「いいことって？」

「マテオは竜の騎士の位を授かったのじゃろう？」

「うん」

「ならば、開校式の式典、開幕はレッドドラゴンに乗って天空より降臨しマテオ――でどうじゃ」

「えっと……」

まあ、言いたいことは分かる。

俺も観客とか、ただの関係者なら、それをかっこいいとかナイスアイデアと思っただろう。

「やった方がいいのかな」

「うむ」

じいさんははっきりと頷《うなず》いた。

あれ？　いつになく……真面目《まじめ》な顔だ。

普段は孫にデレっぱなしな祖父の顔だが、そうじゃなくて、真面目な顔をしている。

それに不思議がっていると。

「小童《こわっぱ》が精霊の加護を頼もうとしている」

「そうみたいだね」

いきなり何を言いだすんだ？　ってくらいに話がとんだ。

不思議がりつつも、話にあわせて相づちをうつ。

「それはたしかにかなり『箔《はく》』がつくが、マテオの力ではない。ただのえこひいきと見られてもしようがないところもあるのじゃ。じゃから、マテオ自身の力を示すためにもドラゴンに乗って天空から降臨した方がいいのじゃ。マテオ自身の力で雑音を黙らせるのが見たいのじゃ、わしは」

「なるほど」

そういうことか。

真面目な顔をしているが、じいさんはやっぱりじいさんだった。

そして……うん、それは検討《けんとう》すべきかもしれない。

俺自身のことはともかく、自分の力を何も見せないで受けっぱなしだと、じいさんと皇帝、二人にいわれのない非難とかがいくかもしれない。

二人のためにも――可愛《かわい》がってくれた二人に少しでも報いるためにも、ある程度は俺自身の力を見せた方がいいのかもしれない。

それに――。

――俺はこの目で見た。

さっきの、誰かの言葉を思い出した。

あの言葉はあまりにも力強くて、まわりの人間はその言葉だけで納得した。

うん、そうだな。

「わかった。エヴァ、お願いできる？」

「みゅー」

エヴァは小さくジャンプした。

「おお、それは楽しみじゃ。よし、その光景を収める画家を所定の位置につかせるのじゃ」

じいさんはそう言って、学園長室から飛び出した。

☆

空の上、エヴァの背中の上。

下手《へた》な部屋よりも広いエヴァの背中に乗って、俺はゆっくりと下降を始めた。

たくさん人が集まっている、屋外の式典会場の、その中央にある祭壇《さいだん》のような場所に降り立った。

祭壇の後ろにエヴァが着地して、俺はエヴァの背中から祭壇に飛び乗った。

「「「おおおおおおおおおおおお！！！」」」

瞬間、地面が揺れるほどの大歓声が起きた。

皆が俺の登場に感動し、称《たた》える歓声だ。

「ふっ……」

その歓声を受けて、祭壇で待っていた皇帝が得意げな笑みを浮かべた。

「嬉しそうだね、陛下」

「当然だ。余《よ》の——余の……」

余の？　なんだ？

なんでそこでつっかえて、顔を赤らめる。

「ゴホン」

不思議に思ったが、皇帝はそれをなかったことにするかのように、咳払《せきばら》いして取り繕《つくろ》った。

……風邪《かぜ》かな。

「余の竜の騎士を称えているのだ。空の王者に任じた余が正しかったという証左《しょうさ》でもあるだろう？」

「そっか、なるほど！」

俺は納得した。

皇帝が俺を騎士にしたこと、老人たちとか保守派たちから色々雑音があったみたいだったしな。

それも俺がこの登場方法にのっかった理由の一つだから、皇帝が喜んでくれて良かった。

「では、儀式を始めよう」

「うん、僕は何をすればいいの？」

「そのまま立っていればよい。ああ、レッドドラゴンは可能ならそのままに、マテオに従っている、とはっきり分かるようにするとなおよい」

「わかった――」

俺は手をすぅとあげた。

すると歓声が止んだ。

こういう時の観衆って、歓声をぴたっと止めて耳を澄ませてくれるもの。

俺も昔はそうだった。

というか、そうじゃないと壇上の人間の声が聞こえないからな。

庶民《しょみん》は、みんなそうするもんだ。

「エヴァンジェリン、待機だ」

フルネームで呼ぶ。

エヴァは微《かす》かに頷き、ドラゴンなのにお座りをした。

従順さが一目で分かる、犬のような座りかた。

俺の命令に従ってそれをやったのが伝わって、歓声の第二波が飛んできた。

成功だ。

あとはこのまま、儀式に付き合うだけ。

俺は皇帝のやることを見守った。

皇帝は祭壇の上で、目を閉じて何かを唱えた。

すると、祭壇の上空に、会場の広場を丸ごと覆《おお》うような、魔法陣が広がった。

魔法陣から、人型の何かが出てきた。

何か、というのはそれが「ブレてる」からだ。

姿がブレてて、よく分からない。

まるで磨《す》りガラス越しに見えているような感じだ。

出てきた者は何かを喋《しゃべ》った。

それもよく分からない。

ザーザーって感じの雑音で、何を言ってるのか聞き取れない。

磨りガラス越しっぽい見た目でも、かろうじて口が動いているのが分かるから、喋ってるんだろうなあ……って分かる程度だ。

「これが大地の精霊？」

「うむ」

「なんか、あやふやな存在って感じだね」

「古《いにしえ》の精霊だからな」

皇帝はそう言った。

「現世とのつながりはもうほとんど断たれている、それ故に、姿形も声もクリアには届かぬ」

「そっか……なんかおじいさんみたいだね。もごもごしてる感じとか」

「ははは、言い得て妙だな」

皇帝は愉快そうに笑った。

「うーんでも、これいいのかな。なんか言ってるけど、加護を授けてくれない、とかってことはない？」

「問題ないだろう。正式な儀式なのだ、礼も失してはいない。それに」

「それに？」

「こういうのは、見ている者が納得すれば良いのだよ」

皇帝はそう言って、再び歓声があがって、こっちの声が聞こえていないであろうくらい盛り上がっている観衆に目を向けた。

「そっか」

俺は納得した――が。

やっぱり、精霊が何を言っているのかが気になった。

「ぐるる……」

すると、エヴァが何かを告げてきた。

エヴァと繋《つな》がってて、傍《はた》からは唸《うな》り声だが、俺にはちゃんとした言葉に聞こえる。

「そんなことができるの？」

「ぐるる……」

「そっか、やってみる」

「何をするのだ？　マテオ」

「見てて、陛下」

俺は目を閉じた。

エヴァから告げられた内容を頭の中で反芻《はんすう》する。

そして、エヴァにした時と同じようなことを、微調整を加えて、やった。

白と黒の魔力を織り交ぜて、行使。

術式が発動して、大地の精霊の魔法陣と溶け合って、融合する。

まばゆい光をはなった。

その場にいる誰もが目を覆った。

「マテオ⁉」

驚愕《きょうがく》する皇帝の声。

直後。

「あれ？　これって……あれれ？」

女の声がした。

目を上げると、魔法陣の上から、ゆっくりと一人の女が「降ってきた」。

女は自分の手を見つめる、不思議そうな顔をしている。

「成功かな。僕の言ってることが分かる？」

「そりゃもちろん分かるよ、人間の言葉くらい。通じないのはこっちからの――」

「そっか、分かるんなら成功だね」

「――言うことで、え？　こっちの言うことが通じるの」

「うん」

「余《よ》にもわかる」

「えええ!?」

女は驚いた。

どういうことだ、って顔をする。

皇帝も同じような顔で、俺を見た。

が、皇帝はすぐにはっとした。

「マテオがやってくれたのか？　そしてこのお方が大地の精霊オノドリムなのか」

「うん」

「なんと……すごい、すごいぞ！　マテオ」

皇帝は猛烈に興奮した。

「本当に……これをやってくれたの？」

精霊——オノドリムがおずおずと聞いてくる。

「うん、何か不具合はない？　エヴァから教わったものだけど、僕のアレンジも入ってるから何かあったら言って」

「しかも自力も入ってる⁉」

「その様子だと大丈夫みたいだね」

俺はほっとした。

オノドリムはしばらくきょとんとしてから。

「嬉しい！」

と、俺に抱きついた。

「ありがとうね、君！　ありがとう」

そして、抱きついたまま連呼した。

と、ちょっと離れて、俺の目をまっすぐのぞき込んできながら。

「ねえ、何かお礼をさせて！」

と言ってきた。
……。
…………。
……………。
あれ？　これって……。
このパターンって……もしかして？
じいさんと同じ。
皇帝とも同じ……？
なんか、俺を溺愛《できあい》する相手を増やしてしまった……のか？
どうなんだ？

書籍版書き下ろし

皇帝の運命の人

帝国皇帝。

それは、地上最高権力者の代名詞である。

民の頂点に君臨する皇帝は、帝国の成り立ちからその存在は神格化され、地上でもっとも崇《すう》高《こう》な存在として祭り上げられた。

その名前を口にすることさえも冒瀆《ぼうとく》とされ、即位してから崩御《ほうぎょ》までの期間が長くなってしまった皇帝が、数十年間一度も呼ばれないせいで自分の名前さえも忘れてしまったという話も珍しくない。

そして、それほどの存在であるからこそ。

横車を押してでもその存在を維持しなければならないもの。

当代の皇帝は、生まれて一度も自分の名前を呼んでもらったことのない女だった。

☆

彼女は一人で、帝都の繁華街《はんかがい》を散策していた。

女の身でありながら、性別を隠されて皇帝に祭り上げられた彼女。

人生の全てを「皇帝」に捧げた彼女。

そんな彼女でも、一つだけ歴代皇帝よりも恵まれている部分がある。

それは、お忍びが比較的しやすいことだ。

歴代の皇帝は、お忍びでどこかに遊びに行こうと思っても、なんだかんだでたくさんの護衛やお付きがついてまわるから、目立ってしまって自分だけの時間を作りづらかった。

彼女はしかし女である。

普通に振る舞っていれば皇帝——男だとは繋《つな》がらないため、一人で出歩いても歴代の皇帝に比べればバレることはなかった。

人生のほとんどを皇帝として過ごし、抑圧されているため、彼女にとって街を出歩くことが、数少ないストレス発散の手段だった。

今もそうして、街を歩いて、食べ歩きをしている。

ちなみに彼女が出歩いてる時は何かしら「熱い」ものを食べている。

というのも、宮殿の中にいるとき、皇帝として食事をするときは冷たいものしか口にすることが出来ない。

料理の全てが毒味役を経由して、回ってきたころにはもう冷めている。

彼女が初めてお忍びで出かけた後にこんなことを口にしたことがある。

「スープって熱いものだったんだ⁉」

それくらい、皇帝としての彼女は、冷めた料理しか食べていない。

それも相まって、彼女はますます出歩くのが好きになった。

今も、熱々の軽食――串焼きやらを買って、食べ歩きしている。

「ちょっと、そこのあなた」

「……」

「ちょっと！」

「え？　私？」

強く声をかけられて、彼女は立ち止まり、声の方に振り向いた。

声をかけてきたのは一人の老婆《ろうば》。

街角に簡素なテーブルを置き、その上に水晶玉を載せ、さらには全身ローブですっぽり覆《おお》った、占い師の格好をしている老婆だ。

帝都にはごまんといるので、彼女は特に気にもとめなかった、が。

呼び止められたのもなにかの縁というものだ。

彼女は体ごと振り向き、占い師のテーブルの前に立った。

「なんか用？」

「あんた、珍しい星の下に生まれついてるね」

「へえ、どんなの？」

聞き返す彼女。

占い師という人種のことをまったく信用していないが、暇つぶしには丁度《ちょうど》いいと思った。

「何ひとつ不自由しない家に生まれた、でも、現状にまったく満足していない」

「へえ、分かるんだ」

彼女は話を合わせた。

占い師の手口はよく分かっている。

宮殿にもそういう人間がたくさんいる。

まずは不満や不安といった感情を煽《あお》るだけ煽ってから、お前にだけ教えてあげる、今ならなんとかしてやれる。

そういった感じで取り入るという手口だ。

そういう占い師を何人も見てきたから、彼女はまったく信用してはいないが、それっぽく話を合わせることはできた。

「どうすればいいの？」

「どうしようもないね、今は」

「へえ？」

少しだけ予想外の答えだった。

どうしようもない、と突き放すのは予想してなかった。

いや、一回突き放して、でもやっぱり――と、心の警戒が解かれたところで何か言ってくるのかもしれない。

そう思って、なおも身構える彼女。

「どうしようもないのに呼び止めたの？」

「今はどうしようもない、しかし時間が解決してくれる」

「時間が？」

「そう。もうすぐあなたに出会いが訪れる」

「出会い」

「運命的な出会いだわ。あなたにとっての運命的な男よ」

「へえ」

ちょっと面白そう、と彼女は思った。

皇帝であることを無理《むり》強いされてるとはいえ、彼女も年頃の女である。

運命的な男、と聞けばちょっとはときめいてしまうものだ。

「それ、どういう男なの？」

「……」

占い師はだまりこんで、じっと彼女を見つめた。

ここにきて、彼女は占い師が本当はただ者じゃないのかもしれない、と思ってきた。

じっと見つめてくる瞳は海を連想させるような深さがあって、視線を合わせていると何もかも見透かされてしまいそうな、そんな錯覚《さっかく》に陥《おちい》った。

「いい男だわ」

「い、いい男？」

「ええ、この世で一番のいい男。人間的にも――地位的にも」

「それって」

「そうだね、最高の男なんだから、皇帝陛下かもしれないわね」

占い師がそういった瞬間、彼女は一気に「冷めた」。

瞳や雰囲気《ふんいき》に呑《の》み込まれかけたが、話はまったくの的外《まとはず》れだ。

なぜなら、彼女がその皇帝だ。

そして今やほとんど彼女だけが知っていることで、皇帝は男ではなく女だということを。

その事実を知っているから、最高の男・皇帝と出会えるという話はあり得なくて、冷める内容でしかなかった。

「それは楽しみね」

彼女はすっかり興味を失って、幾ばくかの小銭を占い師に放り投げて、その場から立ち去った。

途中までは面白かったのになあ、と思った。

彼女は占い師という人種を嫌いではない、むしろ好きだ。

占い師とは、金と引き換えに一時の夢や希望を見せてくれる職業だ――と、彼女はひねくれたものなりの好意的な見方をしている。

だから、途中までは楽しめた。

最高の男・皇帝と出会えると言われるまでは楽しめた。

「それくらい楽しめれば十分かな」

彼女は思い直した。

人生は全てを望めない、彼女は普通の人間に比べて望めることがさらに少ない。

いわゆる「金では買えないもの」のほとんどは、彼女には望めないことだ。

だから、途中までで夢を見られたかもしれない、という気分に彼女はそれなりに満足した。

彼女はさらにいくつか買い食いをしてから、いつものように宮殿に戻り、皇帝の姿に戻った。

☆

彼女は誤解している。

占い師が「見えた」ものは、「最高の男と出会える」というものだった。

皇帝云々《うんぬん》というのは、最高の男はじゃあ皇帝だ、という推測でしかない。

事実、占い師の言葉ははっきりとそう言っている。

それを、「女のあたしが今の皇帝だから」という彼女の先入観から、思い込みで誤解を生んだ。

そのことは、そのうちに忘却《ぼうきゃく》の彼方《かなた》へ消え去った。

皇帝である彼女にとって、気分転換のお忍びの一幕、さらに信じるに値しない話など、ほとんどその場で記憶からすぅと消えた。

しかし、これから数日後。

彼女は占い師の言葉通り、最高の男と出会うことになる。

——綺麗《きれい》だ。

出会った瞬間、男の言葉で全身に電流が走った。
占い師は正しかった。
男は彼女にとっても最高の男であり。
さらには、皇帝を遙《はる》かに超える地上で最高の存在になっていく男だった。

あとがき

人は小説を書く、小説が書くのは人。
皆様お久しぶり、あるいは初めまして。
台湾人《たいわんじん》ライトノベル作家の三木《みき》なずなでございます。

この度《たび》は『報われなかった村人A、貴族に拾われて溺愛される上に、実は持っていた伝説級の神スキルも覚醒した』の第1巻を手にとって下さりありがとうございます！

この作品は「タイトル通り」の作品です。

それまで報われなかったただの村人が、ひょんなことから大貴族に拾われて孫として育てられる。
大貴族とはいえ、孫はかわいいもの。

拾われた主人公は大貴族にものすごく溺愛《できあい》される。

そして、人生とはきっかけがあれば大きく変わるもので、それまで平凡な人生の中で開花するチャンスのなかった彼の才能が、貴族の溺愛という恵まれた環境で覚醒《かくせい》することができた。

その力が覚醒した結果、彼を拾った大貴族だけじゃなく、様々な人間から愛されるようになる——という物語でございます。


タイトルを見て気になった方は、タイトル通りの作品で、決して落胆《らくたん》させるような内容ではありませんので、安心してレジまでお持ちいただければ幸いです。


最後に謝辞《しゃじ》です。

イラスト担当の柴乃《しばの》様。カバーの皇帝が素晴らしすぎて、カバーを見てビビっときた彼女で書き下ろしエピソードを書かせていただきました。

担当編集T様。今回も色々ありがとうございます！

ダッシュエックス文庫様。新シリーズのチャンスを下さって本当にありがとうございます！

本書を手に取って下さった読者の皆様方、その方々に届けて下さった書店の皆様。

本書に携《たずさ》わった多くの方々に厚く御礼申し上げます。

次巻をまたお届けできることを祈りつつ、筆を置かせて頂きます。

二〇二一年一月某日　なずな　拝

ダッシュエックス文庫

報われなかった村人A、貴族に拾われて溺愛される上に、
実は持っていた伝説級の神スキルも覚醒した

三木なずな

2021年2月28日　第1刷発行

★定価はカバーに表示してあります

発行者　北畠輝幸
発行所　株式会社　集英社
〒101−8050　東京都千代田区一ツ橋2−5−10
03(3230)6229(編集)
03(3230)6393(販売／書店専用) 03(3230)6080(読者係)
印刷所　株式会社美松堂／中央精版印刷株式会社

ISBN978-4-08-631402-2 C0193

ダッシュエックス文庫

俺はまだ、本気を出していない
三木なずな
イラスト／さくらねこ

強すぎる実力を隠し貴族の四男として気ままに暮らすはずが、優しい姉の応援でうっかり当主に!?　慕われ尊敬される最強当主生活！

俺はまだ、本気を出していない2
三木なずな
イラスト／さくらねこ

姉の計略で当主になって以降、なぜか大活躍のヘルメス。伝説の娼婦ヘスティアにも惚れられて、本気じゃないのにますます最強に…？

俺はまだ、本気を出していない3
三木なずな
イラスト／さくらねこ

剣を提げただけなのに国王の剣術指南役に!?　地上最強の魔王に懐かれ、征魔大将軍に任命され、大公爵にまで上り詰めちゃう第３幕!!

俺はまだ、本気を出していない4
三木なずな
イラスト／さくらねこ

うっかり魔王の力を手に入れて全能力が２倍に!?　誘拐事件の首謀者である大国の女王にはマジ惚れされ、男っぷりが上昇し続ける!!

俺はまだ、本気を出していない5
三木なずな　イラスト／さくらねこ

俺はまだ、本気を出していない6
三木なずな　イラスト／さくらねこ

善人おっさん、生まれ変わったらSSSランク人生が確定した
三木なずな　イラスト／伍長

善人おっさん、生まれ変わったらSSSランク人生が確定した2
三木なずな　イラスト／伍長

女王エリカの猛アタックを受け続けたヘルメスが遂に陥落!?　さらにかつてヘルメスに求婚されたという少女ソフィアが現れて…？

本気じゃないのに今度はうっかり準王族に!?　未来の自分と遭遇したり、外遊先で新たな出会いがあったりと、最強当主生活は継続中！

前世が善人すぎた男の次の人生は、SSSランクの幸せが確定！　貴族の子として賢く強く、すべてが報われるサクセスライフ!!

前世の善行により、神に匹敵する勝ち確定人生に転生したアレク。悪魔を天使に、邪神を女神に!?　膨大な魔力で、みんなを幸せに！

ダッシュエックス文庫

善人おっさん、
生まれ変わったら
SSSランク人生が確定した3

三木なずな
イラスト／伍長

善人おっさん、
生まれ変わったら
SSSランク人生が確定した4

三木なずな
イラスト／伍長

善人おっさん、
生まれ変わったら
SSSランク人生が確定した5

三木なずな
イラスト／伍長

善人おっさん、
生まれ変わったら
SSSランク人生が確定した6

三木なずな
イラスト／伍長

神の金属と賢者の石で最強の剣を作り、事件の続く温泉街へ！　帝国の歴史的事件も解決し、美女と武器を手に入れますます最強に!!

最高のサクセスライフに前世が聖女の娘が加入!!　さらに暗殺を企てた幼女の魂を救ったら、アレクのアレのすごい機能がわかって!?

メイドが起こしたトラブルを解決したら魔法が無限に使えるように!!　他国の内乱まで解決してしまい、善行もついにカンスト間近!?

SSSランク人生についに創造神が「神罰」で介入！　相殺するため悪行を働くが、どんな悪行も結局善行になってしまい…？

コミカライズ絶好調連載中!!!
虹色!?
これ…すごいですよ!!
全能力777倍!!
よし!それで行く!!
『俺は、この世界で7
くじ引き特賞 無双ハーレム権
HAREM TICKET
1
三木なずな
長谷見亮
777
コミックス①～④巻
大好評発売中!
原作／三木なずな(GA文庫／SBクリエイティブ刊)
漫画／長谷見亮　キャラクター原案／瑠奈璃亜

三木なずなが贈る、
大ヒットチートハーレムストーリー
ニコニコ漫画×水曜日はまったりダッシュエックスコミックで
どうぞ
ハーレムを作る！』
も
くじ引き特賞：無双ハーレム権《くじびきとくしょう：：むそうはーれむけん》
Grand Prize: Unrivalled HAREM-TICKET
ふかふかそうだなぁ…
もふもふしたいなぁ…